금수회의록 외

수능대비 한국문학 필독서 10

금수회의록 외

지은이 안국선 · 신채호
엮은이 송창현
펴낸이 임상진
펴낸곳 (주)넥서스

초판 발행 2013년 6월 20일

2판 1쇄 인쇄 2018년 7월 15일
2판 1쇄 발행 2018년 7월 20일

출판신고 1992년 4월 3일 제311-2002-2호
주소 10880 경기도 파주시 지목로 5
전화 (02)330-5500 팩스 (02)330-5555

ISBN 979-11-6165-443-0 44810

가격은 뒤표지에 있습니다.
잘못 만들어진 책은 구입처에서 바꾸어 드립니다.

이 도서의 국립중앙도서관 출판예정도서목록(CIP)은
서지정보유통지원시스템 홈페이지(http://seoji.nl.go.kr)와
국가자료공동목록시스템(http://www.nl.go.kr/kolisnet)에서
이용하실 수 있습니다.
(CIP제어번호 : CIP2018021078)

www.nexusbook.com

수능대비 한국문학 필독서

10

금수회의록 외

안국선 · 신채호

송창현 엮음 · 해설

넥서스

차 례

금수회의록 / 공진회

안국선 [安國善, 1878. 12. 5. ~ 1926. 7. 8.]

호는 천강. 개화기 대표적인 신소설 작가 중 한 명이다. 1895년 일본으로 건너가 게이오기주쿠대학을 거쳐 지금의 와세다대학을 졸업했다. 1907년 돈명의숙에서 학생들을 가르쳤고, 애국 계몽 운동에도 적극적으로 참여하였다.

　1908년 〈금수회의록〉을 발표했으며, 1915년 우리나라 최초의 근대적 단편 소설집 《공진회》를 출간하였다. 필사본 《발섭기》(상, 하)와 《묘염전》도 썼다고 하는데 이 책들은 현재 전해지지 않는다.

　이 밖에 정치와 경제 관련 내용을 담은 《외교통의》, 《정치원론》 등을 썼고, 《연설법방》을 펴내기도 하였다.

◆ **작품 개관**

여러 동물이 등장하여 이야기를 이끌어 나가는 우화 소설이다.
개화기에 발표된 소설 가운데 현실 비판이 가장 강한 작품에 속
한다. 유교 이념과 기독교적 사상을 바탕으로 당시 사회에 대한
비판 의식을 담았다.

◆ **줄거리**

인류를 논박하는 문제에 대해 토론하기 위해 길짐승, 날짐승, 벌
레, 물고기, 풀, 나무, 돌 등이 금수회의소에 모였다. 회장은 회의
의 안건을 세 가지로 제시하였다. 첫째, 사람된 자의 책임을 의논
하여 분명히 할 일, 둘째, 사람의 행위를 들어서 옳고 그름을 의논
할 일, 셋째, 지금의 세상 사람 중에 인류 자격이 있는 자와 없는
자를 조사할 일이 안건인데, 회장이 개회 취지를 말하고 난 후 곧

회의가 시작된다.

제1석 반포지효 - 까마귀. 까마귀가 제일 먼저 연단으로 올라와 말한다. 까마귀는 아침 일찍 집을 나와 먹이를 구하고 부모봉양도 하고 집도 짓고 저녁이 되면 반드시 집으로 돌아간다. 사람들은 점심때까지 자다가 뒤늦게 일어나 밖에 나가서 놀기만 하고 부모와 처자식들을 돌볼 생각은 안 한다.

제2석 호가호위 - 여우. 외국의 세력을 빌려 몸을 보전하고 벼슬을 얻는 사람들, 타국 사람을 등에 업고 자기 나라를 망하게 하는 사람들을 비판한다.

제3석 정와어해 - 개구리. 동양의 성인 공자는 아는 것은 안다고 하고 모르는 것은 모른다고 하는 것이 정말로 아는 것이라고 했다. 사람들이 남을 속이고 천하만사를 모두 아는 체하는 것을 비판한다.

제4석 구밀복검 - 벌. 사람들은 벌을 독한 사람에 비유하여 말하기를 입에 꿀이 있고 배에 칼이 있다고 한다. 하지만 벌은 양식을 하기 위해 꿀을 만들며 배의 칼은 남이 나를 해치려 할때 사용한다. 사람들은 입으로는 남을 꼬이기 위해 꿀같이 말을 하고 배에는 칼 같은 마음을 품는다.

제5석 무장공자 - 게. 옛날에 포박자라는 사람은 게가 창자가 없다 하여 무장공자라고 불렀다. 하지만 오늘의 현실을 보면,

신문에서 나무라고 사회에서 시비하고 백성들이 원망하고 외국 사람들이 욕을 해도 모르는 체하는 창자 없는 사람이 많다. 이에 단상에 올라온 게는 사람들을 오히려 무장공자라 불러야 한다고 주장한다.

제6석 영영지극 – 파리. 사람들은 파리를 가리켜 간사한 소인이라 한다. 하지만 파리는 자기 허물은 살피지 못하고 남의 흉을 보는 사람들이 오히려 간사한 소인의 성품과 태도를 가졌다고 말한다.

제7석 가정맹어호 – 호랑이. 까다로운 정사와 혹독한 관리들 때문에 사람들이 무수히 죽는다. 따라서 호랑이보다 사람이 더 포악하고 무섭다고 연단에 선 호랑이가 이야기한다.

제8석 쌍거쌍래 – 원앙. 사람들은 괴악하고 음란하고 박정하여 백년해로하려던 사람을 잊어버리고 조강지처를 내쫓는다. 원앙새는 사람같이 더러운 일을 하지 않는다고 말한다.

회의가 다 끝난 뒤 짐승들을 돌아간다. '나'는 사람의 입장을 변명할 수 없음을 슬퍼하고, 사람들을 뉘우치게 할 방법이 없을지 고민한다.

까마귀 부모에 대한 효심이 깊다.

여우 인간의 간사함을 비판한다.

개구리 자기 분수를 지킬 줄 안다.

벌 자신들의 먹이와 안위를 위해서만 꿀과 독침을 사용한다.

게 사람들이 마치 창자가 없는 것처럼 행동하는 것을 꼬집는다.

파리 사람들이 간사한 소인배의 품성을 지닌 것을 비판한다.

호랑이 인간들의 무서운 폭정보다는 덜 포악하다고 말한다.

원앙 사람들의 음란함을 비판한다.

◆ 작가와 작품

자주 의식 고취, 인간의 타락 비판

금수회의소에서 짐승들이 연단에 나와 인간들을 비판한다. 까마귀는 첫 번째로 나와서 부모와 처자식을 돌보지 않고 근면하지 못한 사람들에 대해 말한다. 여우는 두 번째로 외세를 등에 업고 자국을 망치는 정치 의식을 거론한다. 이어서 다른 동물들도 나와 인간들의 여러 면에 대해 성토한다.

그중 까마귀와 여우가 하는 말은 〈금수회의록〉의 주요 내용을 포함한다. 까마귀는 인간이 윤리적으로 비난받을 만한 부분을 말했고, 여우는 전체적인 시각에서 인간을 비판했다. 짐승들이 발언하는 내용들은 그들의 입을 빌려 작가가 하고자 하는 말이며, 〈금수회의록〉의 주제 의식이다.

◆ 작품의 구조
액자 소설 구조

이 소설은 '서언'으로 시작된다. 서언에서 '나'는 금수회의소에 도착한다. 그곳에는 길짐승, 날짐승을 비롯한 온갖 동물이 모여 있다. 여기까지가 액자 외부 이야기에 해당한다.

'서언'에 이어서 회의소에 모인 이유를 소개하는 '개회 취지'가 이어진다. 이 부분에서는 회의의 안건 세 가지를 말하고 회장이 개회를 선언한다. 회의가 시작되자 까마귀, 개구리를 포함한 여덟 마리의 동물이 나와서 인간들의 행위를 성토한다. 그들은 짐승보다 못한 인간을 비판하고 각성하라는 내용을 담은 발언을 연이어 발표한다. 이 부분이 작품의 핵심 내용을 이루고, 액자 내부의 이야기가 된다. 여덟 번째로 원앙이 발표를 마치고 난 후 회의가 끝난다.

'폐회' 부분에서 '나'는 짐승들의 이야기를 되새기며 인간으로서의 자신을 부끄러워하고 반성한다. 이 부분이 또 액자 외부 이야기에 해당한다.

　이렇게 〈금수회의록〉은 외화 - 내화 - 외화로 이어지는 액자 구조로 되어 있다.

◆ 작품의 감상과 수용

우화 소설

〈금수회의록〉은 짐승들이 모여 회의를 한 기록이라는 뜻이다. 작품의 제목에서도 드러나듯이 작가는 이 소설에서 자신이 하고자 하는 말을 직접적으로 드러내지 않는다. 짐승들이 모여 회의를 하는데, '나'가 그 회의를 보고 듣는다. 이와 같이 짐승들이 등장하여 인간 사회를 비판 혹은 풍자하고 그 속에 교훈적인 내용을 담은 것을 '우화 소설'이라고 한다.

　짐승들을 등장시켜 이야기를 전개하는 것은 어떤 효과가 있는지, 또한 반포지효, 호가호위 등의 사자성어를 소제목으로 사용한 것은 어떠한 효과를 가지는지, 그리고 작품 속의 '나'가 짐승들의 이야기를 듣는 구조로 되어 있는 것 등에 대해 생각하면서 글을 읽어 보자. 이러한 장치를 생각하여 읽으면 〈금수회의록〉을 좀 더 깊게 해석할 수 있다.

◆ 작품에 반영된 현실

개화기 우리나라의 현실

개화기 우리나라는 아직 발전하지 못한 상태였다. 유교 이념이 사회의 많은 부분을 차지하고 있었고, 발전된 외국의 근대 문물이 널리 보급되지 않았다. 나라는 힘이 없고 사람들은 가난했다. 혼란스러운 사회에서 사람들은 윤리적으로 바람직하지 않은 모습을 종종 보였고, 정치가들은 외세를 이용하여 개인의 부를 늘리려 하였다. 역사적 변동기의 우리나라는 혼탁했으며 어지러웠다.

〈금수회의록〉에서는 이런 현실을 비판하는 동물들의 발언이 나온다. 우리는 소설을 읽으면서, 동물들의 회의 내용을 통해 당시 사회 상황과 문제를 알 수 있다.

◆ **작품 개관**

1815년에 발표된 안국선의 작품으로, 최초의 근대적 단편 소설집으로 꼽힌다. 〈기생〉, 〈인력거꾼〉, 〈시골 노인 이야기〉 등이 실려 있으며 〈탐정 순사〉와 〈외국인의 화〉는 삭제되었다고 전해진다.

◆ **줄거리**

공진회는 여러 가지 신기한 물건을 벌여 놓고 사람들이 구경하게 하는 것인데, 소설 《공진회》는 여러 가지 기묘한 사실을 책 속에 기록하여 사람들이 보도록 만들었다. 《공진회》에는 〈기생〉 이야기가 처음 나온다. 경상도 진주는 조선의 유명한 도시로 기생이 많았다. 기생 중에 향운개라는 이름을 가진 기생이 있었는데 미모가 출중하고 가무, 음률, 서화에 뛰어나 남자들의 관심을 많이 받았다.

향운개는 어렸을 때 이웃집의 유만이라는 사내아이와 같이 자랐다. 둘은 정이 두터웠는데, 유만이 서울로 올라가서 공부하게 되자 헤어지게 된다. 세월이 흘러 향운개의 나이가 열다섯 살이 되었다. 하루는 촉석루에서 논개의 제사를 지낼 때, 진주성 주에 사는 김 부자가 향운개를 보고 한눈에 반한다. 그 후 김 부자는 향운개를 잊지 못해 향운개의 집을 찾아간다. 그는 향운개에게 기생을 그만두고 자신과 결혼하자고 하지만 거절당한다. 김 부자는 향운개를 포기하지 못하고 돈과 매끄러운 말솜씨로 유혹한다. 향운개의 어미인 추월도 김 부자의 청을 들라고 향운개를 때리고 구슬리지만, 향운개는 자신의 정인은 유만이라며 어머니의 말에 순종하지 않는다.

향운개는 김 부자와 어미 추월의 간계로 김 부자의 집으로 들어가게 된다. 하지만 김 부자의 침모와 짜고 손을 써서 김 부자의 손아귀에서 벗어난다. 이후 향운개는 일본 동경으로 건너가서 적십자가 병원의 간호사가 된다. 그곳에서 열심히 일하던 향운개는 병원에 환자로 들어온 최유만을 만난다.

두 번째 작품은 〈인력거꾼〉이다. 김 서방은 본래 양반의 자식이지만 가세가 기울어 남의 집 행랑살이를 하고 있다. 김 서방은 남의 집 심부름도 하고 지게벌이도 하면서 근근이 생활을 이어가는데, 매일 술만 먹고 살림은 잘 돌보지 않는다. 김 서방은 자주 술을 먹고, 술을 깬 후에는 후회하는 일을 반복한다.

하루는 김 서방이 술이 깬 후에 다시는 술을 먹지 않기로 부인과 약속하고 인력거를 끌러 나간다. 김 서방은 나간 지 얼마 안 되어 다시 집으로 뛰어 들어온다. 거금 이십만 냥을 주운 것이다. 그는 기분이 좋아서 친구들을 불러 모아 또 술을 마신다. 술이 깬 후에 부인을 통해 그가 돈을 주운 것은 꿈이고, 술을 마신 것은 현실이었던 것을 알게 된다. 그는 다시 외상 술값을 진 신세가 된다. 김 서방은 반성하고, 술을 끊고 열심히 일한다.

김 서방과 부인은 삼 년 동안 열심히 일하고 돈을 모은다. 어느 날 그 돈을 세어 보니 이십일만 냥이었다. 부인은 그때 예전 일을 고백한다. 김 서방이 이십만 냥을 주운 것은 꿈이 아니라 실제였는데, 부인은 남편이 또 술만 먹고 방탕한 생활을 할 것이라 생각하고 그 돈을 경찰서에 갖다 주었고, 경찰서에서는 주인을 찾지 못해 돈의 일부를 다시 김 서방의 부인에게 돌려주어, 결국 경찰서에서 받은 돈과 김 서방 내외가 모은 돈이 많이 쌓인 것이다. 사실을 알게 된 김 서방은 기뻐하였고, 그들 부부는 더욱 열심히 일하고 근면하게 살기로 다짐한다.

마지막으로 실려 있는 작품은 〈시골 노인 이야기〉이다. 강원도 철원 고을에 만초 선생이라는 자가 살았다. 그는 용필의 삼촌이다. 용필과 명희는 한 동네에서 어른들의 귀여움을 받으며 자란다. 어른들은 용필과 명희가 자라면 서로 성혼시키기로 약속한다. 세상 일이 험난하여 용필의 부모와 할아버지가 돌아가시고 용필은 삼촌 집에서 크게 된다. 삼촌은 글밖에 모르는 사람이라서 가세는 궁핍하고 초라하다. 명희의 아버지는 인색하고 돈밖에 모르는 사람이다. 명희의 할아버지가 돌아가시자, 명희 아버지는 가세가 기운 용필과 명희의 약혼을 취소하려고 계략을 꾸민다. 명희는 아버지와 달리 심기가 고운 사람이라 용필을 보면 안타까워하고 도와주고 싶어 한다. 명희 아버지는 명희가 용필을 생각하는 마음을 알고 용필을 해하려고 계획한다. 이 사실을 안 만초 선생은 용필을 서울로 올려 보낸다. 용필은 서울로 올라가서 만초 선생의 지인인 김 갑산 댁을 찾아간다.

시간이 흘러 전국 곳곳에서 동학이 일어난다. 강원도에서도 의병이 창궐하여 중앙에서는 이들을 진정시키려고 병사를 내려 보낸다. 이 때 김용필은 소대장 직분으로 강원도 철원에 가게 된다. 철원에 가니 명희는 용필을 기다리면서 아직도 시집가지 않고 있다. 갖은 우여곡절 끝에 둘은 재회하고 결혼한다.

◆ 주요 등장인물

향운개 미모와 재주가 뛰어난 여성. 절개가 곧다.

김 서방 술을 절제하지 못했지만, 아내 덕에 자신을 반성하고 근면하고 성실한 사람이 된다.

김 서방 아내 덕이 있으며, 남편을 잘 보필할 줄 안다.

용필 부모를 일찍 여의고 집안이 기울었지만 굳은 심지로 부대의 소대장이 되어 고향으로 내려온다.

명희 미모가 출중하고 지조가 있다.

◆ **작가와 작품**

여러 이야기가 비추어 주는 나의 모습

《공진회》의 마지막 부분은 '이 책을 본 사람에게 주는 글'이라는 소제목으로 작가의 말이 실려 있다. 작가는 그 글에서 "이 책을 읽은 여러 군자는 책 속에 기록한 여러 가지 사정을 가지고 각기 자기의 마음을 비추어 볼지어다."라고 말한다. 《공진회》는 짤막한 소설이 여러 편 실린 단편 소설집이다. 각각의 소설들은 각각의 주제로 인간 세상을 보여 준다. 작가는 그 이야기들을 통해 자신의 시각으로 보았던 세상을 우리에게 들려 주고 있다. 우리는 소설들을 읽으며 재미를 느끼고, 각 이야기에서 나타나는 인간과 세상의 모습에 귀를 기울이게 된다. 그들의 이야기를 통해 작가가 하고자 하는 말을 들을 수 있으며, 또한 나를 되돌아볼 수 있다.

◆ 작품의 구조

액자 소설 구조─〈시골 노인 이야기〉

《공진회》에 담겨 있는 작품들 중에서 〈시골 노인 이야기〉는 액자 구조로 되어 있다. 작품 초반에 작가는 자신이 이야기를 시작하면서 술술 써 내려가는데, 오늘은 어떤 이야기를 해야 할지 모르겠다고 말한다. 그러면서 시골에서 노인 한 분이 올라오셨는데, 그 노인의 말씀이나 들어 보겠다고 말한다. 여기까지가 바로 외화 부분이다. 그다음으로 노인이 엮어 나가는 이야기가 내화 부분이다. 이야기가 끝나는 부분에서 노인이 젊은 내외를 부르는데, 그들이 바로 이야기의 주인공이었던 용필과 명희다. 이것이 소설에서 마지막 외화가 되면서 액자 구조로 되어 있는 소설이 끝을 맺는다.

◆ 작품의 감상과 수용

희노애락 애오욕겁

《공진회》의 마지막 부분에서 작가는 사람 사이에는 일곱 가지 정이 있는데, 그것은 '희(喜)·노(怒)·애(哀)·낙(樂)·애(愛)·오(惡)·욕(慾)'이라고 말한다. 여기에 작가는 '겁(怯)' 하나를 더 추가한다.

우리는 다양한 감정을 가진 동물이다. 인간으로 태어나 세상을 살아갈 때, 수도 없이 기뻤다가 슬펐다가 한다. 《공진회》에는 우리와 같은 사람들이 기뻐하고 슬퍼하고 또는 노여워하기도 하며 세상을 살아가는 이야기가 들어 있다.

◆ 작품에 반영된 현실

도시 빈민의 삶 - 〈인력거꾼〉

〈인력거꾼〉에서 김 서방은 술을 좋아하는 인물로 나온다. 그는 술을 한 번 마셨다 하면 자제하지 못한다. 하루 벌어 하루 먹고 사는 살림에 술까지 좋아하니 당연히 빚이 는다. 소설 속에는 김 서방이 부인의 재치와 인덕으로 정신을 차리고 술도 끊는 것으로 나온다. 이 작품의 배경을 살펴보면 단순하지만은 않다.

김 서방은 양반의 핏줄이다. 하지만 가세가 기울어 남의 집 행랑방에 기거하는 신세이다. 김 서방은 남의 집 심부름, 지게 지기 그리고 인력거꾼으로 거리에 나선다. 그의 가난은 김 서방이 술을 끊지 못하고 게을러서이기도 하지만, 얼마간은 사회 현실의 영향이기도 하다. 사회 변화기에 제대로 적응하지 못한 양반들은 점점 가난해져 갔다. 그들이 의지할 것이라고는 술밖에 없었을지도 모른다. 〈인력거꾼〉의 김 서방 모습을 통해서 변혁기 우리 사회의 한 단면을 살펴볼 수 있다.

신채호 대표 작품 해설

꿈하늘

신채호 [申采浩, 1880. 12. 8. ~ 1936. 2. 21.]

호는 단재(丹齋). 충북 청주에서 태어났다. 1907년 신민회에 가입했고 1919년 상해임시정부에서 활동하였다. 신채호는 개화기의 독립운동가이자 사상가이다. 그는 많은 글들을 발표했는데, 〈황성신문〉과 〈대한매일신보〉에 애국 계몽 논설문 등을 실었다. 이러한 글뿐만 아니라 문학 창작에도 힘을 쏟아서 소설, 시, 한시 등의 작품을 발표했다.

신채호는 소설이 소재를 사실적으로 취하고 윤리적인 내용을 담아야 한다고 보았다. 또한 당시 행해지던 국어 국문 운동에 뜻을 같이하여, 언어를 통해 국민의 힘을 기르고 나라의 독립을 이룰 수 있다고 생각했다. 이러한 그의 사상은《근금 국문 소설 저자의 주의》,《을지문덕》,《최도통전》,《용과 용의 대격전》등의 작품 속에 녹아 있다.

꿈하늘

◆ **작품 개관**

신채호는 '서'에서 이 작품을 '꿈에서 지은 글'이라고 밝힌다. 하지만 이 소설은 일반적인 몽유록계 소설과 달리 도입부의 '입몽'과 결말의 '각몽' 부분이 없다.

◆ **줄거리**

동편의 오원족 장졸들과 서편의 용봉족 장졸들이 서로 맞붙어 싸운다. 그들은 손에 아무 연장도 가지고 있지 않지만 입을 열면 그 속에서 불과 칼이 쏟아져 나온다. 한 놈이 이를 보고 너무 참혹하여 눈을 감았는데, 꽃송이가 한 놈에게 눈을 뜨라고 말한다.

한 놈이 고개를 들고 바라보니 을지문덕 장군이 앞에 서 있다. 한 놈이 을지문덕에게 방금 전에 일어난 싸움을 물었다. 을지문덕은 영계도 육계와 마찬가지로 싸움이 존재한다고 말한다. 을지문덕은 대답을 하고 사라지는데, 그가 사라진 하늘에는 글씨가 쓰였다. 육계나 영계나 승리자가 천당을 차지하고, 패배하면 지옥으로 간다는 것이다. 즉 세상만사가 투쟁을 통해 얻어진다는 뜻이다.

한 놈은 오른손과 왼손을 중심으로 반으로 나뉘어 싸운다. 이를 보고 무궁화 송이가 혀를 차며 말한다. 싸움은 남과 하는 것이지, 나 자신과 싸우면 그것은 자살이지 싸움이 아니라는 것이다. 한 놈이 이 말을 듣고 깨달은 바가 있어 왼손으로 오른손을 만지니 싸움이 그친다. 이때 을지문덕이 나타나 한 놈과 이야기한다.

을지문덕은 동쪽 하늘에서 싸움이 난 것을 보고 놀라서 그쪽으로 달려간다. 한 놈이 을지문덕을 따라가겠다고 하자, 꽃송이는 한 놈에게 친구들을 불러 준다. 한 놈은 친구들과 함께 싸움터로 간다. 가는 도중에 친구들 몇몇은 마음이 변하여 중도 이탈한다.

님과 도깨비의 싸움터에 한 놈이 도착한다. 그곳에서 한 놈은 다른 친구들도 모두 잃는다. 님이 주는 칼을 받은 한 놈은 풍신수길과 싸운다. 풍신수길은 미인으로 변했다가 개로 변하는 둔갑술을 써서 한 놈을 이긴다. 한 놈은 지옥으로 떨어진다.

지옥에서 한 놈은 강감찬을 만난다. 한 놈은 강감찬에게 진정

으로 나라를 위하는 길이 어떤 것인지에 대해 듣는다. 그러고는
'도령군 놀음곳'을 찾아 간다.

◆ **주요 등장인물**

한 놈 을지문덕과 강감찬을 만나면서 점차 세상과 자신에 대해 눈
을 뜬다.

◆ **작가와 작품**

　　　민족주의

〈꿈하늘〉에서는 한 놈의 이야기가 환상적으로 그려진다. 한 놈은
처음에 의식 속에서 세 개의 소리를 듣는다. 그것은 '천궁의 소리,
무궁화 꽃의 소리, 을지문덕의 소리'이다. 세 개의 소리는 눈앞에
서 일어난 싸움 장면과 함께 한 놈에게 투쟁 정신을 불러일으켜
준다. 환상적 내용으로 처리되어 있지만, 이것은 작가가 〈꿈하늘〉
을 통해 우리에게 전하고자 하는 말이 압축된 부분이다. 세 개의
소리와 싸우는 모습은 일제 강점기 하에서 우리 민족이 무엇을
해야 하는지를 보여 주는 장면이다. 이것은 〈꿈하늘〉 전체를 관
통하는 주제가 된다.

꿈에 지은 글

신채호는 서문에서 이 글이 꿈을 꾸고 난 후에 지은 글이 아니라, 꿈에서 지은 글이라고 밝힌다. 꿈속 이야기라는 말로 미루어 보건대, 우리의 전통적인 몽유록계 소설을 떠올려 볼 수 있다. 몽유록계 소설은 현대 소설의 액자 구조와 유사하다. 액자 소설이 '외화-내화-외화'로 이루어져 있다면, 몽유록계 소설은 '입몽-꿈-각몽'이라는 구조로 되어 있다. 하지만 〈꿈하늘〉은 꿈속 이야기이면서도 몽유록계 소설과는 다르다. 작품 초반부의 '입몽'과 결말 부분의 '각몽' 부분이 없고 '꿈' 내용만이 작품 전체를 차지한다.

◆ 작품의 감상과 수용

알레고리

〈꿈하늘〉은 환상적인 내용으로 되어 있다. 한 놈이 '도령군 놀음곳'을 찾아가는데 그 과정에서 여러 사건이 벌어진다. 을지문덕이 나오기도 하고, 사람들의 입속에서 불꽃이 나오고, 풍신수길은 개나 미인으로 변하기도 한다. 한 놈은 풍신수길에게 패하여 지옥에 떨어지고 그곳에서 강감찬을 만난다. 이 비현실적인 이야기를 현실 상황의 알레고리라고 보면 된다. 알레고리는 이야기의 배후에 다른 의미가 내포되어 있는 것을 말한다.

당시 사회에서 일제의 감시와 제약이 심했기 때문에 일제에 대항하여 투쟁하자는 내용을 직접적으로 다룰 수는 없었다. 따라서 작가는 일제에 맞서자는 주제를 다른 형태로 표현해야 했다. 즉 한 놈이 소설 속에서 걷는 여정과 성장은, 민족의 정신을 회복하기 위한 과정이자 독립을 성취하기 위한 노력으로 해석할 수 있다.

◆ 작품에 반영된 현실

일제 강점기 우리나라의 모습

신채호는 독립운동가이자 문학가였고 사상가였다. 그는 이 작품에서 한 놈의 이야기를 통해 일제에 대항하는 투쟁 정신을 불러일으키려 했다. 일제에 대한 투쟁을 강조한다는 것은 그만큼 일제 강점기 때의 우리나라가 어려운 상황에 놓여 있었음을 짐작케 한다. 나라는 이미 일제에 빼앗겨 힘을 잃은 상태였고, 나라가 힘이 없기에 국민들도 당연히 살기 어려웠다. 어려운 상황에서 벗어나기 위해 각지에서 다양한 방법으로 투쟁이 전개되었는데, 이것이 〈꿈하늘〉에도 나타나 있다.

금수회의록

안국선

서언

머리를 들어 하늘을 우러러보니 일월과 성신이 천추의 빛을 잃지 아니하고, 눈을 떠서 땅을 굽어 보니 강해와 산악이 만고의 형상을 변치 아니하도다. 어느 봄에 꽃이 피지 아니하며, 어느 가을에 잎이 떨어지지 아니하리오.

우주는 우연히 백대(百代)에 한결같거늘, 사람의 일은 어찌하여 고금이 다르뇨? 지금 세상 사람을 살펴보니 애달프고, 불쌍하고, 탄식하고, 통곡할 만하도다.

전인의 말씀을 듣든지 역사를 보든지 옛적 사람은 양심이 있어 천리를 순종하여 하느님께 가까웠거늘, 지금 세상은 인문이 결딴나서 도덕도 없어지고, 염치도 없어지고, 의리도 없어지고,

절개도 없어져서, 사람마다 더럽고 흐린 풍랑에 빠지고 헤어 나올 줄 몰라서 온 세상이 다 악한 고로, 옳고 그름을 분별치 못하여 악독하기로 유명한 도척 같은 도적놈은 청천백일에 사마(士馬)를 달려 왕궁 극도에 횡행하되 사람이 보고 이상히 여기지 아니하고, 안자(顔子)같이 착한 사람이 누항(陋巷)에 있어서 한 도시락밥을 먹고 한 표주박 물을 마시며 가난을 견디지 못하되 한 사람도 불쌍히 여기지 아니하니, 슬프다! 착한 사람과 악한 사람이 거꾸로 되고 충신과 역신이 바뀌었도다. 이같이 천리가 어기어지고 덕의가 없어서 더럽고, 어둡고 어리석고, 악독하여 금수만도 못한 이 세상을 장차 어찌하면 좋을꼬? 나도 또한 인간의 한 사람이라, 우리 인류 사회가 이같이 악하게 됨을 근심하여 매양 성현의 글을 읽어 성현의 마음을 본받으려 하더니, 마침 서창에 곤히 든 잠이 춘풍에 이익한 바 되매 유흥을 금치 못하여 죽장망혜(竹杖芒鞋)로 녹수를 따르고 청산을 찾아서 한 곳에 다다르니, 사면에 기화요초는 우거졌고 시냇물 소리는 종종하며 인적이 고요한데, 흰 구름 푸른 수풀 사이에 현판 하나가 달렸거늘, 자세히 보니 다섯 글자를 크게 썼으되 '금수회의소'라 하고 그 옆에 문제를 걸었는데, '인류를 논박할 일'이라 하였고, 또 광고를 붙였는데 '하늘과 땅 사이에 무슨 물건이든지 의견이 있거든 의견을 말하고 방청을 하려거든 방청하되 각기 자유로 하라.' 하였는데, 그곳에 모인 물건은 길짐승·날짐 승·버러지·물고기·풀·나무·돌 등물이 다 모였더라. 혼자 마음으로 가만히 생각하여 보니, 대저 사람은 만물 중에 가장 귀하고 제일 신령하여 천지의 화육을 도우며 하느님을 대신하여 세상 만물의 금수·초목까지라도 다 맡아 다스리는 권능이 있고, 또 사람이 만일 패악한 일이 있으면 천히 여겨 금수 같은 행위라 하며, 사람이 만일 어리석고 하는 일이 없으면 초목같이 아무 생각도 없는 물건이라고 욕하나니, 그러면 금수·초목은 천하고 사람은 귀하며 금수·초목은 아무것도 모르고 사람은 신령하거늘, 지금 세상은 바뀌어서 금수·초목이 도리어 사람의 무도 패덕함을 공격하려 하니 괴상하고 부끄럽고 절통 분하여 열었던 입을 다물지도 못하고 정신없이 섰더라.

개회 취지

별안간 뒤에서 무엇이 와락 떠다밀며,

"어서 들어갑시다. 시간되었소."

하고 바삐 들어가는 서슬에 나도 따라 들어가서 방청석에 앉아 보니, 각색 길짐승·날짐승·모든 버러지·물고기 등물이 꾸역

꾸역 들어와서 그 안에 빽빽하게 서고 앉았는데 모인 물건은 형형색색이나 좌석은 제제창창(濟濟蹌蹌)한데, 장차 개회하려는지 규칙 방망이 소리가 똑똑 나더니, 회장인 듯한 한 물건이 머리에는 금색이 찬란한 큰 관을 쓰고, 몸에는 오색이 영롱한 의복을 입은 이상한 태도로 회장석에 올라서서 한 번 읍하고, 위의(威儀)가 엄숙하고 형용이 단정하게 딱 서서 여러 회원을 대하여 하는 말이,

"여러분이여, 내가 지금 여러분을 청하여 만고에 없던 일대 회의를 열 때에 한마디 말씀으로 개회 취지를 베풀려 하오니 재미있게 들어 주시기를 바라오.

대저 우리들이 거주하여 사는 이 세상은 당초부터 있던 것이 아니라, 지극히 거룩하시고 지극히 전능하신 하느님께서 조화로 만드신 것이라. 세계 만물을 창조하신 조화주를 곧 하느님이라 하나니, 일만 이치의 주인 되시는 하느님께서 세계를 만드시고 또 만물을 만들어 각색 물건이 세상에 생기게 하셨으니, 이같이 만드신 목적은 그 영광을 나타내어 모든 생물로 하여금 인자한 은덕을 베풀어 영원한 행복을 받게 하려 함이라. 그런고로 세상에 있는 모든 물건은 사람이든지 짐승이든지 초목이든지 무슨 물건이든지 다 귀하고 천한 분별이 없은즉, 어떤 것은 높고 어떤 것은 낮다 할 이치가 있으리오. 다 각각 천지의 기운

을 타고 생겨서 이 세상에 사는 것인즉, 다 각기 천지 본래의 이치만 좇아서 하느님의 뜻대로 본분을 지키고, 한편으로는 제 몸의 행복을 누리고, 한편으로는 하느님의 영광을 나타낼지니, 그중에도 사람이라 하는 물건은 당초에 하느님이 만드실 때에 특별히 영혼과 도덕심을 넣어서 다른 물건과 다르게 하셨은즉, 사람들은 더욱 하느님의 뜻을 순종하여 천리정도(天里正道)를 지키고 착한 행실과 아름다운 일로 하느님의 영광을 나타내어야 할 터인데, 지금 세상 사람이 하는 행위를 보니 그들이 하는 일이 모두 악하고 부정하여 하느님의 영광을 나타내기는 고사하고 도리어 하느님의 영광을 더럽게 하며 은혜를 배반하여 제반 악증이 많도다.

외국 사람에게 아첨하여 벼슬만 하려 하고, 제 나라가 다 망하든지 제 동포가 다 죽든지 불고(不顧)하는 역적놈도 있으며, 임금을 속이고 백성을 해롭게 하여 나라 일을 결판내는 소인놈도 있으며, 부모는 자식을 사랑치 아니하고 자식은 부모를 효도로 섬기지 아니하며, 형제간에 재물로 인연하여 골육상잔(骨肉相殘)하기를 일삼고, 부부간에 음란한 생각으로 화목치 아니한 사람이 많으니, 이 같은 인류에게 좋은 영혼과 제일 귀하다 하는 특권을 줄 것이 무엇이오. 하느님을 섬기던 천사도 악한 행실을 하다가 떨어져서 마귀가 된 일이 있거든 하물며 사람이야

더 말할 것 있소.

태곳적 맨 처음에 사람을 내실 적에는 영혼과 덕의심을 주셔서 만물 중에 제일 귀하다는 특권을 주셨으되 저희들이 그 권리를 내어버리고 그 성품을 잃어버리니, 몸은 비록 사람의 형상이 그대로 있을지라도 만물 중에 가장 귀하다 하는 인류의 자격은 있다 할 수가 없소.

여러분은 금수라 초목이라 하여 사람보다 천하다 하나, 하느님이 정하신 법대로 행하여 기는 자는 기고, 나는 자는 날고, 굴에서 사는 자는 깃들임을 침노치 아니하며, 깃들인 자는 굴을 빼앗지 아니하고, 봄에 생겨서 가을에 죽으며, 여름에 나와서 겨울에 들어가니 하느님의 법을 지키고 천지 이치대로 행하여 정도에 어김이 없은즉, 지금 여러분 금수·초목과 사람을 비교하여 보면 사람이 도리어 낮고 천하며, 여러분이 도리어 귀하고 높은 지위에 있다 할 수 있소. 사람들이 이같이 제 자격을 잃고도 거만한 마음으로 오히려 만물 중에 제가 가장 귀하다, 높다, 신령하다 하여 우리 족속 여러분을 멸시하니 우리가 어찌 그 횡포를 받으리오.

내가 여러분의 마음을 찬성하여 하느님께 아뢰고 본회의를 소집하였는데, 이 회의에서 결의할 안건은 다음 세 가지 문제가 있소.

제일, 사람된 자의 책임을 의논하여 분명히 할 일.

제이, 사람의 행위를 들어서 옳고 그름을 의논할 일.

제삼, 지금의 세상 사람 중에 인류 자격이 있는 자와 없는 자를 조사할 일.

이 세 가지 문제를 토론하여 여러분과 사람의 관계를 분명히 하고, 사람들이 여전히 악한 행위를 하여 회개치 아니하면 그 동물의 사람이라 하는 이름을 빼앗고 이등 마귀라 하는 이름을 주기로 하느님께 상주할 터이니 여러분은 이 뜻을 본받아 이 회의에서 결의한 일을 진행하시기를 바라옵나이다."

회장이 개회 취지를 연설하고 회장석에 앉으니, 한 모퉁이에서 우렁찬 소리로 회장을 부르고 일어서서 연단으로 올라간다.

제1석
반포지효(反哺之孝) — 까마귀

프록코트를 입어서 전신이 새까맣고 똥그란 눈이 말똥말똥한데, 물 한 잔을 조금 마시고 연설을 시작한다.

"나는 까마귀올시다. 지금 인류에 대하여 소회를 진술할 터인데 반포의 효라 하는 문제를 가지고 잠깐 말씀하겠소.

사람들은 만물 중에 제일이라 하지마는, 그 행실을 살펴볼 지경이면 다 천리에 어기어져서 하나도 취할 것이 없소. 사람들의 옳지 못한 일을 모두 다 들어 말씀하려면 너무 지루하겠기에 다만 사람들의 불효한 것을 가지고 한 말씀 할 터인데, 옛날 동양 성인들이 말씀하기를 효도는 덕의 근본이라, 효도는 일백 행실의 근원이라, 효도는 천하를 다스린다 하였고, 예수교 계명에도 부모를 효도로 섬기라 하였으니, 효도라 하는 것은 자식 된 자가 고연(固然)한 직분으로 당연히 행할 일이올시다.

우리 까마귀의 족속은 먹을 것을 물고 돌아와서 어버이를 기르며 효성을 극진히 하여 망극한 은혜를 갚아서 하느님이 정하신 본분을 지키어 자자손손이 천만대를 내려가도록 가법을 변치 아니하는 고로 옛적에 백낙천이라 하는 분이 우리를 가리켜 새 중의 증자(曾子)라 하였고,《본초강목(本草綱目)》에는 자조라 일컬었으니, 증자라 하는 양반은 부모에게 효도를 잘하기로 유명한 사람이요, 자조라 하는 뜻은 사랑하는 새라 함이니, 부모는 자식을 사랑하고, 자식은 부모에게 효도함이 하느님의 법이라.

우리는 그 법을 지키고 어기지 아니하거늘, 지금 세상 사람들은 말하는 것을 보면 낱낱이 효자 같으되, 실상 하는 행실을 보면 주색잡기에 침혹하여 부모의 뜻을 어기며, 형제간에 재물로 다투어 부모의 마음을 상케 하며, 제 한 몸만 생각하고 부모가 주리되 돌아보지 아니하고, 여편네는 학식이라고 조금 있으면 주제넘은 마음이 생겨서 온화 유순한 부덕을 잊어버리고 시집가서는 시부모 보기를 아무것도 모르는 어리석은 물건같이 대접하고, 심하면 원수같이 미워하기도 하니, 인류 사회에 효도 없어짐이 지금 세상보다 더 심함이 없도다. 사람들이 일백 행실의 근본이 되는 효도를 알지 못하니 다른 것은 더 말할 것 무엇 있소. 우리는 천성이 효도를 주장하는 고로 출천지효성(出天之孝誠) 있는 사람이면 우리가 감동하여 노래자를 도와서 종일토록 그 부모를 즐겁게 하여 주며, 증자의 갓 위에 모여서 효자의 아름다운 이름을 천추에 전케 하였고, 또 우리가 효도만 극진할 뿐 아니라 자고 이래로 《사기(史記)》에 빛난 일이 한두 가지가 아니오니 대강 말씀하오리다.

우리가 떼를 지어 논밭으로 내려갈 때 곡식을 해하는 버러지를 없애려고 가건마는 사람들은 미련한 생각에 그 곡식을 파먹는 줄로 아는도다! 서양 책력 1874년의 미국 조류 학자 삐이루라 하는 사람이 우리 까마귀 족속 2,258마리를 잡아다가 배를 가르고 오장을 꺼내어 해부하여 보고 말하기를, 까마귀는 곡식을 해하지 아니하고 곡식에 해 되는 버러지를 잡아먹는다 하였으니, 우리가 곡식밭에 가는 것은 곡식에 이가 되고 해가 되지 아니하는 것은 분명하고, 또 우리가 밤중에 우는 것은 공연히 우는 것이 아니요, 나라에서 법령이 아름답지 못하여 백성이 도탄에 침륜하여 천하에 큰 병화가 일어날 징조가 있으면 우리가 아니 울 때에 울어서 사람들이 깨닫고 허물을 고쳐서 세상이 태평 무사하기를 희망하고 권고함이요, 강소성 한산사에서 달은 넘어가고 서리친 밤에 쇠북을 주둥이로 쪼아 소리를 내서 대망에게 죽을 것을 살려 준 은혜를 갚았고, 한나라 효문제가 아홉 살이 되었을 때에 그 부모는 왕망(王莽)의 난리에 죽고 효문제 혼자 달아날 새, 날이 저물어 길을 잃었거늘 우리들이 가서 인도하였고, 연 태사 단이 진나라에 볼모로 잡혀 있을 때에 우리가 머리를 희게 하여 그 나라로 돌아가게 하였고, 진문공이 개자추를 찾으려고 면산에 불을 놓으매 우리가 연기를 에워싸고 타지 못하게 하였더니, 그 후에 진나라 사람이 그 산에 '은연대'라 하는 집을 짓고 우리의 은덕을 기념하였으며, 당나라 이의부는 글을 짓되 상림에 나무를 심어 우리를 준다 하였고, 또 물병에 돌을 던지니 이솝이 상을 주고 탁자의 포도주를 다 먹어도 프랭클린이 사랑하도다.

우리 까마귀의 사적이 이러하거늘, 사람들은 우리 소리를 듣고 흉한 징조라, 길한 징조라 함은 저희들 마음대로 하는 말이요, 우리에게는 상관없는 일이라. 사람의 일이 흉하든지 길하든지 우리가 울 일이 무엇 있소? 그것은 사람들이 무식하고 어리석어서 저희들이 좋지 아니한 때에 흉하게 듣고 하는 말이로다. 사람이 염병이니 괴질이니 앓아서 죽게 된 때에 우리가 어찌하여 그 근처에 가서 울면, 사람들은 못생겨서 저희들이 약도 잘못 쓰고 위생도 잘못하여 죽는 줄은 알지 못하고 우리가 울어서 죽는 줄로만 알고, 저희끼리 욕설하려면 염병에 까마귀 소리라 하니 아, 어리석기는 사람같이 어리석은 것은 세상에 또다시 없도다.

요순 적에도 봉황이 나왔고, 왕망이 때도 봉황이 나오매 요·순적 봉황은 상서라 하고 황망 때 봉황은 흉조처럼 알았으니, 물론 무슨 소리든지 사람이 근심 있을 때에 들으면 흉조로 듣고 좋은 일 있을 때에 들으면 상서롭게 듣는 것이라. 무엇을 알고 하는 말은 아니요, 길하다 흉하다 하는 것은 듣는 저희에게 있는 것이요, 하는 우리에게 있는 것이 아니거늘, 사람들은 말하기를, 까마귀는 흉한 일이 생길 때에 와서 우는 것이라 하여 듣기 싫어하니, 사람들은 이렇듯 이치를 알지 못하는 어리석은 동물이라, 책망하여 무엇하겠소. 또 우리는 아침에 일찍 해 뜨기 전에 집을 떠나서 사방으로 날아다니며 먹을 것을 구하여 부모 봉양도 하고, 나뭇가지를 물어다가 집도 짓고, 곡식에 해 되는 버러지도 잡아서 하느님 뜻을 받들다가 저녁이 되면 반드시 내 집으로 돌아가되 나가고 돌아올 때에 일정한 시간을 어기지 않건마는, 사람들은 점심때까지 자빠져서 잠을 자고 한 번 집을 떠나서 나가면 혹은 협잡질 하기, 혹은 술장 보기, 혹은 계집의 집 뒤지기, 혹은 노름하기, 세월이 가는 줄을 모르고 저희 부모가 진지를 잡수었는지, 처자가 기다리는지 모르고 쏘다니는 사람들이 어찌 우리 까마귀의 족속만 하리오.

사람은 일을 아니하고 놀면서 잘 입고 잘 먹기를 좋아하되, 우리는 제가 벌어 제가 먹는 것이 옳은 줄 아는 고로 결단코 우리는 사람들 하는 행위는 아니하오. 여러분도 다 아시거니와 우리가 사람에게 업수이 여김을 받을 까닭이 없음을 살피시오."

손뼉 소리에 연단에서 내려가니, 또 한편에서 아리땁고도 밉살스러운 소리로 회장을 부르면서 강똥강똥 연설단을 향하여 올라가니, 어여쁜 태도는 남을 가히 호릴 만하고 갸웃거리는 모양은 본색이 드러나더라.

제2석

호가호위(狐假虎威) — 여우

여우가 연설단에 올라서서 기생이 시조를 부르려고 목을 가다듬는 것처럼 기침을 한 번 캑 하더니 간사한 목소리로 연설을 시작한다.

"나는 여우올시다. 점잖으신 여러분이 모이신 데 감히 나와서 연설하옵기는 방자한 듯하오나, 저 인류에게 대하여 소회가 있삽기 호가호위라 하는 문제를 가지고 두어 마디 말씀을 하려 하오니, 비록 학문은 없는 말이나 용서하여 들어 주시기를 바라옵니다.

사람들이 옛적부터 우리 여우를 가리켜 말하기를 요망한 것이라, 간사한 것이라 하여 저희들 중에도 요망하든지 간사한 자를 보면 여우 같은 사람이라 하니, 우리가 그 더럽고 괴악한 이름을 듣고 있으나 우리는 참 요망하고 간사한 것이 아니요, 정말 요망하고 간사한 것은 사람이오. 지금 우리와 사람의 행위를 비교하여 보면 사람과 우리와 명칭을 바꾸었으면 옳겠소.

사람들이 우리를 간교하다 하는 것은 다름 아니라 《전국책(戰國策)》이라 하는 책에 기록하기를, 호랑이가 일백 짐승을 잡아먹으려고 구할 새 먼저 여우를 얻은지라, 여우가 호랑이더러 말하되, 하느님이 나로 하여금 모든 짐승의 어른이 되게 하였으니 지금 자네가 나의 말을 믿지 아니하거든 내 뒤를 따라와 보라. 모든 짐승이 나를 보면 다 두려워하느니라. 호랑이가 여우의 뒤를 따라가니, 과연 모든 짐승이 보고 벌벌 떨며 두려워하거늘, 호랑이가 여우의 말을 정말로 알고 잡아먹지 못한지라. 이는 저들이 여우를 보고 두려워한 것이 아니라 여우 뒤의 호랑이를 보고 두려워한 것이니, 여우가 호랑이의 위엄을 빌려서 모든 짐승으로 하여금 두렵게 함인데, 사람들은 이것을 빙자하여 우리 여우더러 간사하니 교활하니 하되, 남이 나를 죽이려 하면 어떻게 하든지 죽지 않도록 주선하는 것은 당연한 일이라. 호랑이가 아무리 산 중의 영웅이라 하지마는 우리에게 속은 것만 어리석은 일이라. 속인 우리야 무슨 불가한 일이 있으리오.

지금 세상 사람들은 당당한 하느님의 위엄을 빌어야 할 터인데, 외국의 세력을 빌려 의뢰하여 몸을 보전하고 벼슬을 얻어하려 하며, 타국 사람을 부동하여 제 나라를 망하게 하고 제 동포를 압박하니 그것이 우리 여우보다 나은 일이오? 결단코 우리 여우만 못한 물건들이라 하옵네다. (손뼉 소리 천지진동)

또 나라로 말할지라도 대포와 총의 힘을 빌려서 남의 나라를 위협하여 속국도 만들고 보호국도 만드니, 불한당이 칼이나 육혈포를 가지고 남의 집에 들어가서 재물을 탈취하고 부녀를 겁탈하는 것이나 다를 것이 무엇 있소? 각국이 평화를 보전한다 하여도 하느님의 위엄을 빌려서 도덕상으로 평화를 유지할 생각은 조금도 없고, 전혀 병장기의 위엄으로 평화를 보전하려 하니 우리 여우가 호랑이의 위엄을 빌려서 제 몸이 죽을 것을 피한 것과 어떤 것이 옳고 어떤 것이 그르오? 또 세상 사람들이 구미호를 요망하다 하나 그것은 대단히 잘못 아는 것이라.

옛적 책을 볼지라도 꼬리 아홉 있는 여우는 상서라 하였으니, 《잠학 거류서》라 하는 책에는 말하였으되 구미호가 도가 있으면 나타나고 나올 적에는 글을 물어 상서를 주문에 지었다 하였고, 왕포《사자강덕론》이라 하는 책에는 주나라 문왕이 구미호를 응하여 동편 오랑캐를 돌아오게 하였다 하였고, 《산해경》이라 하는 책에는 청구국에 구미호가 있어서 덕이 있으면 오느니라 하였으니, 이런 책을 볼지라도 우리 여우를 요망한 것이라 할 까닭이 없거늘, 사람들이 무식하여 이런 것은 알지 못하고 여우가 천년을 묵으면 요사스러운 여편네로 화한다 하고, 혹은 말하기를 옛적에 음란한 계집이 죽어서 여우로 태어났다 하니, 이런 거짓말이 어디 또 있으리오.

사람들은 음란하여 별일이 많으되 우리 여우는 그렇지 않소. 우리는 분수를 지켜서 다른 짐승과 교통하는 일이 없고, 우리뿐 아니라 여러분이 다 그러하시되 사람이라 하는 것들은 음란하기가 짝이 없소. 어떤 나라 계집은 개와 통간한 일도 있고, 말과 통간한 일도 있으니, 이런 일은 천하 만국에 한두 사람뿐이겠지마는, 한 숟가락 국으로 온 솥의 맛을 알 것이라 근래에 덕의가 끊어지고 인도가 없어져서 세상이 결딴난 일을 이루 다 말할 수 없소. 사람의 행위가 그러하되 오히려 하느님을 두려워하지 아니하며 짐승을 부끄러워하지 아니하고, 대갓집 규중 여자가 논다니로 놀아나서 이 사람 저 사람 호리기와 각부 아문 공청에서 기생 불러 노름 놀기, 전정이 만 리 같은 각 학교 학도들이 청루방에 다니기와 제 혈육으로 난 자식을 돈 몇 푼에 욕심나서 논다니로 내어놓기, 이런 행위를 볼작시면 말하는 내 입이 더러워지오. 에, 더러워. 천지간에 더럽고 요망하고 간사한 것은 사람이오. 우리 여우는 그렇지 않소. 저들끼리 간사한 사람을 보면 여우라 하니, 그러한 사람을 여우라 할진대 지금 세상 사람 중에 여우 아닌 사람이 몇몇이나 있겠소?

또 저희들은 서로 여우 같다 하여도 가만히 듣고 있으되 만일 우리더러 사람 같다 하면 우리는 그 이름이 더러워서 아니 받겠소. 내 소견 같으면 이후로는 사람을 사람이라 하지 말고 여우라 하고, 우리 여우를 사람이라 하는 것이 옳은 줄로 아나이다."

제3석

정와어해(井蛙語海) ─ 개구리

여우가 연설을 그치고 할금할금 돌아보며 제자리로 내려가니, 또 한편에서 회장을 부르고 아장아장 걸어와서 연단 위에 깡충 뛰어 올라간다. 눈은 톡 불거지고 배는 똥똥하고 키는 작달막한데 눈은 깜짝깜짝하며 입을 벌죽벌죽하고 연설한다.

"나의 성명은 말씀 아니하여도 여러분이 다 아시리라. 나는 출입이라고는 미나리 논밖에 못 가 본 고로 세계 형편도 모르고 또 맹꽁이를 이웃하여 산 고로 구학문의 맹자왈 공자왈은 대강 들었으나 신학문은 아는 것이 변변치 아니하나, 지금 정와어해라 하는 문제로 대강 인류의 사회를 논란코자 하옵네다.

사람들은 거만한 마음이 많아서 저희들이 천하에 제일이라고, 만물 중에 저희가 가장 귀하다고 자칭하지마는 제 나라 일도 잘 모르면서 양비대담(攘臂大談)하고 큰소리를 탕탕 하고 주제넘은 말을 하는 것이 우습다. 우리 개구리를 가리켜 말하기를, 우물 안 개구리와 바다 이야기를 할 수 없다 하니, 항상 우물 안에 있는 개구리는 우물이 좁은 줄만 알고 바다에는 가 보지 못하여 바다가 큰지 작은지, 긴지 짧은지, 깊은지 얕은지 알지 못하나 못 본 것을 아는 체는 아니하거늘, 사람들은 좁은 소견을 가지고 외국 형편도 모르고 천하대세도 살피지 못하고 공연히 떠들며, 무엇을 아는 체하고 나라는 다 망하여 가건마는 썩은 생각으로 갑갑한 말만 하는도다. 또 어떤 사람들은 제 나라 안에 있어서 제 나라 일을 다 알지 못하면서 보도 듣도 못한 다른 나라 일을 다 아노라고 추척 대니 가증하고 우습도다. 연전에 어느 나라 어떤 대관이 외국 대관을 만나서 수작할새 외국 대관이 묻기를,

'대감이 지금 내무 대신으로 있으니 전국의 인구와 호수가 얼마나 되는지 아시오?'

한데 그 대관이 묵묵 무언하는지라 또 묻기를,

'대감이 전에 탁지 대신을 지내었으니 전국의 결총과 국고의 세출·세입이 얼마나 되는지 아시오?'

한데 그 대관이 또 아무 말도 못 하는지라, 그 외국 대관이 말하기를,

'대감이 이 나라에 나서 이 정부의 대신으로 이같이 모르니 귀국을 위하여 가석하도다.'

하였고, 작년에 어느 나라 내부에서 각 읍에 훈령하고 부동산을 조사하여 보아라 하였더니 어떤 군수는 고하기를,

'이 고을에는 부동산이 없다.'

하여 일세의 웃음거리가 되었으니 이같이 제 나라의 일도 크나

적으나 도무지 아는 것 없는 것들이 일본이 어떠하니, 러시아가 어떠하니, 유럽이 어떠하니, 아메리카가 어떠하니, 제가 가장 많이 아는 듯이 지껄이니 기가 막히오. 대저 천지의 이치는 무 궁무진하여 만물의 주인이 되시는 하느님밖에 아는 이가 없는 지라.

《논어》에 말하기를, 하느님께 죄를 얻으면 빌 곳이 없다 하였 는데, 그 주에 말하기를 하느님은 곧 이치라 하였으니 곧 만물 이치의 주인이라. 그런고로 하느님은 곧 조화주요, 천지 만물의 대주재시니 천지 만물의 이치를 다 아시려니와 사람은 다만 천 지간의 한 물건인데 어찌 이치를 알 수 있으리오.

여간 좀 연구하여 아는 것이 있거든 그 아는 대로 세상에 유 익하고 사회에 효험 있게 아름다운 사업을 영위할 것이거늘, 조 그만치 남보다 먼저 알았다고 그 지식을 이용하여 남의 나라를 빼앗기와 남의 백성을 학대하기와 군함·대포를 만들어서 악한 일에 종사하니, 그런 나라 사람들은 당초에 사람 되는 영혼을 주지 아니하였다면 도리어 좋을 뻔하였소.

또 더욱 도리에 어기어지는 일이 있으니, 나의 지식이 저 사 람보다 조금 낫다고 하면 남을 가르쳐 준다 하고 실상은 해롭게 하며, 남을 인도하여 준다 하고 제 욕심을 채우는 일만 하며, 어 떤 사람은 제 나라 형편도 모르면서 타국 형편을 아노라고 외국 사람을 부동하여 임금을 속이고 나라를 해치며, 백성을 위협하여 재물을 도둑질하고 벼슬을 도둑질하며, 개화하였다고 자칭하고 양복을 입고, 단장을 짚고, 궐련을 물고, 시계를 차고, 살죽경을 쓰고, 인력거나 자행거를 타고, 제가 외국 사람인 체하여 제 나라 동포를 압제하며, 혹은 외국 사람 상종함을 영광으로 알고 아첨하며, 제 나라 일을 변변히 알지도 못하는 것을 가르쳐 주며, 여간 월급 냥이나 벼슬 낱이나 얻어 하노라고 남의 나라 정탐꾼이 되어 애매한 사람을 모함하기, 어리석은 사람을 위협하기로 능사를 삼으니, 이런 사람들은 안다 하는 것이 도리어 큰 병통이 아니오?

우리 개구리 족속은 우물에 있으면 우물에 있는 분수를 지키고, 미나리 논에 있으면 미나리 논에 있는 분수를 지키고, 바다에 있으면 바다에 있는 분수를 지키나니, 그러면 우리는 사람보다 상등이 아니오니까. (손뼉 소리 짤각짤각)

또 무슨 동물이든지 자식이 아비를 닮는 것은 하느님의 정하신 뜻이라. 우리 개구리는 대대로 자식이 아비를 닮고 손자가 할아비를 닮되 형용도 똑같고 성품도 똑같아서 추호도 틀리지 않거늘, 사람의 자식은 제 아비를 닮는 것이 별로 없소. 요 임금의 아들이 요 임금을 닮지 아니하고, 순 임금의 아들이 순 임금과 같지 아니하고, 하우씨와 은왕 성탕은 성인이로되, 그 자손 중에 포악하기로 유명한 걸과 주 같은 이가 나고, 왕건 태조는 영웅이로되 왕우·왕창이 생겼으니, 일로 보면 개구리 자손은 개구리를 닮되 사람의 새끼는 사람을 닮지 아니하도다. 그러한즉 천지자연의 이치를 지키는 자는 우리가 사람에게 비교할 것이 아니요, 만일 아비를 닮지 아니한 자식을 마귀의 자식이라 할진대 사람의 자식은 다 마귀의 자식이라 하겠소.

또 우리는 관가의 땅에 있으면 관가를 위하여 울고, 사사 땅에 있으면 사사를 위하여 울거늘, 사람은 한 번만 벼슬자리에 오르면 붕당을 세워서 권리 다툼하기와 권문세가에 아첨하러 다니기와 백성을 잡아다가 주리 틀고 돈 빼앗기와 무슨 일을 당하면 청촉을 들고 뇌물 받기와 나랏돈을 도적질하기와 인민의 고혈을 빨아먹기로 종사하니, 날더러 도적놈을 잡으라 하면 벼슬하는 관인들은 거반 다 감옥서감이요, 또 우리들의 우는 것이 울 때에 울고, 길 때에 기고, 잠잘 때에 자는 것이 천지 이치에 합당하거늘, 프랑스라 하는 나라 양반들이 우리 개구리의 우는 소리를 듣기 싫다고 백성들을 불러 개구리를 다 잡으라 하다가, 마침내 혁명당이 일어나서 난리가 되었으니, 사람같이 무도한 것이 세상에 또 있으리오? 당나라 때에 한 사람이 우리를 두고 글을 짓되, 개구리가 도의 맛을 아는 것 같아서 연꽃 깊은 곳에서 운다 하였으니, 우리의 도덕심 있는 것은 사람도 아는 것

이라. 우리가 어찌 사람에게 굴복하리오.

동양 성인 공자께서 말씀하시기를, 아는 것은 안다 하고 알지 못한 것은 알지 못한다 하는 것이 정말 아는 것이라 하였으니, 저희들이 천박한 지식으로 남을 속이기를 능사로 알고 천하만사를 모두 아는 체하니, 우리는 이같이 거짓말을 하지 아니하오. 사람이란 것은 하느님의 이치를 알지 못하고 악한 일만 많이 하니 그대로 둘 수 없으니, 차후는 사람이라 하는 명칭을 주지 않는 것이 대단히 옳을 줄로 생각하오.”

넙죽넙죽 하는 말이 소진·장의가 오더라도 당치 못할러라. 말을 그치고 내려오니 또 한편에서 회장을 부르고 나는 듯이 연설단에 올라간다.

제4석
구밀복검(口蜜腹痛) ― 벌

허리는 잘록하고 체격은 조그마한데 두 어깨를 떡 벌리고 청랑한 소리로 머리를 까딱까딱하면서 연설한다.

“나는 벌이올시다. 지금 구밀복검이라 하는 문제를 가지고 잠깐 두어 마디 말씀할 터인데, 먼저 서양서 들은 이야기를 잠깐

하오리다. 당초에 천지개벽할 때에 하느님이 에덴동산을 준비하사 각색 초목과 각색 짐승을 그 안에 두고 사람을 만들어 거기서 살게 하시니, 그 사람의 이름은 아담이라 하고 그 아내는 하와라 하였는데, 지금 온 세상 사람의 조상이라.

사람은 특별히 모양이 하느님과 같고 마음도 하느님과 같게 하였으니 사람은 곧 하느님의 아들이라 하는 뜻을 잊지 말고 하느님의 마음을 본받아 지극히 착하게 되어야 할 터인데, 아담과 하와가 죄를 짓고 에덴동산에서 쫓겨난지라. 우리 벌의 조상은 죄도 아니 짓고 하느님의 뜻대로 순종하여 각색 초목의 꽃으로 우리의 전답을 삼고 꿀을 농사하여 양식을 만들어 복락을 누리니 조상 적부터 우리가 사람보다 나은지라.

세상이 오래되어 갈수록 사람은 하느님과 더욱 멀어지고 오늘날 와서는 거죽은 사람의 형용이 그대로 있으나 실상은 시랑(豺狼)과 마귀가 되어 서로 싸우고, 서로 죽이고, 서로 잡아먹어서, 약한 자의 고기는 강한 자의 밥이 되고, 큰 것은 작은 것을 압제하여 남의 권리를 늑탈하여 남의 재산을 속여 빼앗으며, 남의 토지를 앗아 가며, 남의 나라를 위협하여 망케 하니, 그 흉측하고 악독함을 무엇이라 이르겠소? 사람들이 우리 벌을 독한 사람에게 비유하여 말하기를, 입에 꿀이 있고 배에 칼이 있다 하나 우리 입의 꿀은 남을 꾀려 하는 것이 아니라 우리 양식을 만드는 것이요, 우리 배의 칼은 남을 공연히 쏘거나 찌르는 것이 아니라 남이 나를 해치려 하는 때에 정당방위로 쓰는 칼이오. 사람같이 입으로는 꿀같이 말을 달게 하고 배에는 칼 같은 마음을 품은 우리가 아니오.

또 우리의 입은 항상 꿀만 있으되 사람의 입은 변화가 무쌍하여 꿀같이 달 때도 있고, 고추같이 매울 때도 있고, 칼같이 날카로울 때도 있고, 비상같이 독할 때도 있어서, 맞대하였을 때에는 꿀을 들이붓는 것같이 달게 말하다가 돌아서면 흉을 보고, 욕하고, 노여워하고, 악담하며, 좋아 지낼 때에는 깨소금 항아리같이 고소하고 맛있게 수작하다가, 조금만 미흡한 일이 있으면 죽일 놈 살릴 놈 하며 무성포가 있으면 곧 놓아 죽이려 하니 그런 악독한 것이 어디 또 있으리오. 에, 여러분 여보시오. 그래, 우리 짐승 중에 사람들처럼 그렇게 악독한 것들이 있단 말이오? (손뼉 소리 귀가 막막)

사람들이 서로 욕설하는 소리를 들으면 참 귀로 들을 수 없소. 별 흉악망측한 말이 많소. '빠가', '갓댐' 같은 욕설은 오히려 관계치 않소. '제미 붙을 놈', '염병에 땀을 못 낼 놈' 하는 욕설은 제 입을 더럽히고 제 마음을 악한 줄 모르고 얼씬하면 이런 욕설을 함부로 하니 어떻게 흉악한 소리오. 에, 사람의 입에는 도덕상 좋은 말은 별로 없고 못된 소리만 쓸데없이 지저귀니 그

것들을 사람이라고? 그것들을 만물 중에 가장 귀한 것이라고? 우리는 천지간의 미물이로되 그렇지는 않소. 또 우리는 임금을 섬기되 충성을 다하고, 장수를 모시되 군령이 분명하며, 제각각 직업을 지켜 일을 부지런히 하여 주리지 아니하거늘, 어떤 나라 사람들은 제 임금을 죽이고 역적의 일을 하며, 제 장수의 명령을 복종치 아니하고 난병도 되며, 백성들은 게을러서 아무 일도 아니하고 공연히 쏘다니며 놀고먹고 놀고 입기 좋아하며, 술이나 먹고, 노름이나 하고, 계집의 집이나 찾아다니고, 협잡이나 하고, 그렁저렁 세월을 보내어 집이 구차하고 나라가 간난하니 사람으로 생겨나서 우리 벌들보다 낫다 하는 것이 무엇이오? 서양의 어느 학자가 우리를 두고 노래를 하나 지었으되,

　아침 이슬 저녁볕에
　이 꽃 저 꽃 찾아가서
　부지런히 꿀을 물고
　제 집으로 돌아와서
　반은 먹고 반은 두어
　겨울 양식 저축하여
　무한복락 누릴 때에
　하느님의 은혜라고

빛난 날개 좋은 소리

아름답게 찬미하네

　그래, 사람 중에 사람스러운 것이 몇이나 있소? 우리는 사람들에게 시비를 들을 것 조금도 없소. 사람들의 악한 행위를 말하려면 끝이 없겠으나 시간이 부족하여 그만둡네다."

제5석
무장공자(無腸公子) ― 게

　벌이 연설을 그치고 미처 연설단을 내려서기도 전에 한편에서 회장을 부르고 나오니, 모양이 기괴하고 눈에 영채가 있어 힘센 장수같이 두 팔을 쩍 벌리고 어깨를 추썩하며 하는 말이,

　"나는 게올시다. 지금 무장공자라 하는 문제로 연설할 터인데, 무장공자라 하는 말은 창자 없는 물건이라 하는 말이니, 옛적에 포박자라 하는 사람이 우리 게의 족속을 가리켜 무장공자라 하였으니 대단히 무례한 말이로다. 그래, 우리는 창자가 없고 사람들은 창자가 있소. 시방 세상 사는 사람 중에 옳은 창자를 가진 사람이 몇 명이나 되겠소? 사람의 창자는 참 썩고 흐리고 더럽소. 의복은 능라주의로 자르르 흐르게 잘 입어서 외양은

좋아도 다 가죽만 사람이니 그 속에는 똥밖에 아무것도 없소.

좋은 칼로 배를 가르고 그 속을 보면 구린내가 물큰물큰 나오. 지금 어떤 나라의 정부를 보면 깨끗한 창자라고는 아마 몇 개 없으리다. 신문에 그렇게 나무라고, 사회에서 그렇게 시비하고, 백성이 그렇게 원망하고, 외국 사람이 그렇게 욕들을 하여도 모르는 체하니 이것이 창자 있는 사람들이오? 그 정부에 옳은 마음을 먹고 벼슬하는 사람이 누가 있소? 한 사람이라도 있거든 있다고 하시오. 만판 경륜이 임금 속일 생각, 백성을 잡아먹을 생각, 나라를 팔아먹을 생각밖에 아무 생각 없소. 이같이 썩고 더럽고 똥만 들어서 구린내가 물큰물큰 나는 창자보다는 우리처럼 없는 것이 도리어 낫소. 또 욕을 보아도 성낼 줄도 모르고, 좋은 일을 보아도 기뻐할 줄 못하는 사람이 많이 있소. 남이 압제를 받아 살 수 없는 지경에 이르되 깨닫고 분한 마음이 없고, 남에게 그렇게 욕을 보아도 노여워할 줄 모르고 종노릇하기만 좋게 여기고 달게 여기며, 관리에게 무례한 압박을 당하여도 자유를 찾을 생각이 도무지 없으니, 이것이 창자 있는 사람들이라 하겠소?

우리는 창자가 없다 하여도 남이 나를 해치려 하면 죽더라도 가위로 집어 한 놈을 물고 죽소. 내가 한 번 어느 나라를 지나다 보니 외국 병정이 지나가는데, 그 나라 부인을 건드려 젖퉁이를 만지려 하매 그 부인이 소리를 지르고 욕을 한즉, 그 병정이 발로 차고 손으로 때려서 행악이 무쌍한지라, 그 나라 사람들이 모여 서서 그것을 구경만 하고 한 사람도 대들어 그 부인을 도와주고 구원하여 주는 사람이 없으니, 그 사람들은 그 부인이 외국 사람에게 당하는 것을 상관없는 줄로 알아서 그러한지 겁이 나서 그러한지 결단코 남의 일이 아니라 저희 동포가 당하는 일이니 저희들이 당함이어늘, 그것을 보고 분낼 줄 모르고 도리어 웃고 구경만 하니, 그 부인이 오늘날 당하는 욕이 내일 제 어미나 제 아내에게 또 돌아올 줄을 알지 못하는가? 이런 것들이 창자가 있다고 사람이라 자긍하니 허리가 아파 못 살겠소. 창자 없는 우리 게는 어찌하면 좋겠소? 나라에 경사가 있으되 기뻐할 줄 알지 못하여 국기 하나를 내어 꽂을 줄 모르니 그것이 창자 있는 것이오? 그런 창자는 부럽지 않소. 창자 없는 우리 게의 행한 사적을 좀 들어 보시오.

송나라 때 추호라 하는 사람이 채경에서 사로잡혀 소주로 귀양 갈 때 우리가 구원하였으며, 산주 구세라 하는 때에 한 처녀가 죽게 된 것을 살려 내느라고 큰 뱀을 우리 가위로 잘라 죽였으며, 산신과 싸워서 호인의 배를 구원하였고, 객사한 송장을 드러내어 음란한 계집의 죄를 발각하였으니, 우리가 행한 일은 다 옳고 아름다운 일이오. 사람같이 더러운 일은 하지 않소. 또 사람들도 우리의 행위를 자세히 아는 고로 '게도 제 구멍이 아니면 들어가지 아니한다.'는 속담이 있소.

참 그러하지요. 우리는 암만 급하더라도 들어갈 구멍이라야 들어가지 부당한 구멍에는 들어가지 않소. 사람들을 보면 부당한 데로 들어가는 사람이 많소. 부모처자를 내버리고 중이 되어 산속으로 들어가는 이도 있고, 여염집 부인네들은 음란한 생각으로 불공한다 핑계하고 절간 초막으로 들어가는 이도 있고, 명예 있는 신사라 자칭하고 쓸데없는 돈을 내버리러 기생집에 들어가는 이도 있고, 옳은 길을 내버리고 그른 길로 들어가는 사람, 옳은 종교를 싫다 하고 이단으로 들어가는 사람, 돌을 안고 못으로 들어가는 사람, 섶을 지고 불로 들어가는 사람 이루 다 말할 수 없소. 당연히 들어갈 데와 못 들어갈 데를 분별치 못하고 못 들어갈 데를 들어가서 화를 당하고 패를 보고 해를 끼치니, 이런 사람들이 무슨 창자가 있노라고 우리에게 창자가 없는 것을 비웃소?

지금 사람들을 보면 그 창자가 다 썩어서 미구(未久)에 창자 있는 사람은 한 개도 없이 다 무장공자가 될 것이니, 이다음에는 사람더러 무장공자라고 불러야 옳겠소."

제6석

영영지극(營營之極) — 파리

게가 입에서 거품이 부걱부걱 나오며 수용산출(水湧山出)로 하던 말을 그치고 엉금엉금 기어 내려가니, 파리가 또 회장을 부르고 나는 듯이 연단에 올라가서 두 손을 싹싹 비비면서 말을 한다.

"나는 파리올시다. 사람들이 우리 파리를 가리켜 말하기를, 파리는 간사한 소인이라 하니, 대저 사람이라 하는 것들은 저희 흉은 살피지 못하고 다만 남의 말은 잘하는 것들이오. 간사한 소인의 성품과 태도를 가진 것들은 사람들이오. 우리는 결단코 소인의 성품과 태도를 가진 것이 아니오.

《시전(詩傳)》이라 하는 책에 말하기를 '영영한 푸른 파리가 횃대에 앉았다.' 하였으니, 이것은 우리를 가리켜 한 말이 아니라 사람들을 비유한 말이오. 옛 글에 '방에 가득한 파리를 쫓아도 없어지지 않는다.' 하는 말도 우리를 두고 한 말이 아니라 사람 중의 간사한 소인을 가리켜 한 말이오.

우리는 결코 간사한 일은 하지 아니하였소마는, 인간에는 참 소인이 많습디다. 사슴을 가리켜 말이라 하여 임금을 속인 것이 비단 조고 한 사람뿐 아니라, 지금 망하여 가는 나라 조정을 보면 온 정부가 다 조고 같은 간신이요, 천자를 끼고 제후에게 호령함이 또한 조조(曹操) 한 사람뿐 아니라, 지금은 도덕은 떨어지고 효박한 풍기를 보면 온 세계가 다 조조 같은 소인이라.

웃음 속에 칼이 있고 말 속에 총이 있어, 친구라고 사귀다가 저 혼자 잘되면 차 버리고, 동지라고 상종타가 남을 죽이고 저 잘되기, 누구누구는 빈천지교(貧賤之交)를 저버리고 조강지처를 내쫓으니 그것이 사람이며, 아무아무 유지지사(有志之士)를 고발하여 감옥서에 몰아넣고 저 잘되기를 희망하니 그것도 사람인가? 쓸개에 가 붙고 간에 가 붙어 요리조리 알씬알씬하는 사람은 정말 밉기도 밉습디다.

여러분도 다 아시거니와 그래 공담(公談)으로 말하자면 우리가 소인이오? 사람들이 간물(奸物)이오. 생각들 하여 보시오. 우리는 먹을 것을 보면 혼자 먹는 법이 없소. 여러 족속을 청하고 여러 친구를 불러서 화락한 마음으로 한 가지로 먹지마는, 사람들은 이만 보면 형제간에도 의가 상하고 일가 간에도 정이 없어지며, 심한 자는 서로 골육상쟁하기를 예사로 하니, 참 기가 막히오.

동포끼리 서로 사랑하고, 서로 구제하는 것은 하느님의 이치거늘 사람들은 과연 저희 동포끼리 서로 사랑하는가? 저들끼리 서로 빼앗고, 서로 싸우고, 서로 시기하고, 서로 흉보고, 서로 총을 쏘아 죽이고, 서로 칼로 찔러 죽이고, 서로 피를 빨아 마시고, 서로 살을 깎아 먹되 우리는 그렇지 않소.

세상에 제일 더러운 것은 똥이라 하지마는, 우리가 똥을 눌 때 남이 다 보고 알도록 흰 데는 검게 누고 검은 데는 희게 누어서 남을 속일 생각은 하지 않소. 사람들은 똥보다 더 더러운 일을 많이 하지마는 혹 남의 눈에 보일까, 남의 입에 오르내릴까 겁을 내어 은밀히 하되 무소부지(無所不知)하신 하느님은 먼저 아시고 계시오.

옛적에 유행이라 하는 사람은 부채를 들고 참외에 앉은 우리를 쫓고, 왕사라 하는 사람은 칼을 빼어 먹이를 먹는 우리를 쫓을새, 저 사람들이 그렇게 쫓으되 우리가 가지 아니함을 성내어 하는 말이, 파리는 쫓아도 도로 온다며 미워하니, 저희들이 쫓을 것은 쫓지 아니하고 아니 쫓을 것은 쫓는도다. 사람들은 우리를 쫓으려 할 것이 아니라 불가불 쫓아야 할 것이 있으니, 사람들아, 부채를 놓고 칼을 던지고 잠깐 내 말을 들어라.

너희들이 당연히 쫓을 것은 너희 마음을 수고롭게 하는 마귀니라. 사람들아 사람들아, 너희들은 너희 마음속에 있는 물욕을 쫓아 버려라. 너희 머릿속에 있는 썩은 생각을 내어쫓으라. 너희 조정에 있는 간신들을 쫓아 버려라. 너희 세상에 있는 소인들을 내어쫓으라. 참외가 다 무엇이며, 먹이가 다 무엇이냐? 사

람들아 사람들아, 우리 수십억만 마리가 일제히 손을 비비고 비나니, 우리를 미워하지 말고 하느님이 미워하시는, 너희를 해치는 여러 마귀를 쫓으라. 손으로만 빌어서 아니 들으면 발로라도 빌겠다."

의기가 양양하여 사람을 저희 똥만치도 못하게 나무라고 겸하여 충고의 말로 권고하고 내려간다.

제7석

가정맹어호(苛政猛於虎) ── 호랑이

웅장한 소리로 회장을 부르니 산천이 울린다. 연단에 올라서서 머리를 설레설레 흔들고 좌중을 내려다보니 눈알이 등불 같고 위풍이 늠름한데, 주홍 같은 입을 떡 벌리고 어금니를 부지직 갈며 연설하는데, 좌중이 조용하다.

"본원의 이름은 호랑인데 별호는 산군이올시다. 여러분 중에 혹 아시는 이도 있을 듯하오. 지금 가정이 맹어호라 하는 문제를 가지고 두어 마디 할 터인데, 이것은 여러분이 아시는 것과 같이 옛적에 유명한 성인 공자님이 하신 말씀이라. 가정이 맹어호라 하는 뜻은 까다로운 정사가 호랑이보다 무섭다 함이니, 양자라 하는 사람도 이와 같은 말을 했는데, 혹독한 관리는 날개가 있고 뿔이 있고 호랑이와 같다 한지라.

세상에 사람들이 말하기를 제일 포악하고 무서운 것은 호랑이라 하였으니 자고 이래로 사람들이 우리에게 해를 받은 자가 몇 명이나 되느뇨? 도리어 사람이 사람에게 해를 당하며 살육을 당한 자가 몇 억만 명인지 알 수 없소. 우리는 설사 포악한 일을 할지라도 깊은 산과 깊은 골과 깊은 수풀 속에서만 횡행할 뿐이요, 사람처럼 대낮에 사람을 죽이고 재물을 빼앗으며 죄 없는 백성을 감옥서에 몰아넣어서 돈을 바치면 내어놓고 세가 없으면 죽이는 것과 임금은 아무리 인자하여 사전(赦典)을 내리더라도 법관이 용사(用事)하여 공평치 못하게 죄인을 조종하고 돈을 받고 벼슬을 내어서 그 벼슬을 한 사람이 그 밑천을 뽑으려고 음흉한 수단으로 정사를 까다롭게 하여 백성을 못 견디게 하니, 사람들의 악독한 일을 우리 호랑이에게 비하여 보면 몇 만 배가 더 되는지 알 수 없소.

또 우리는 다른 동물을 잡아먹더라도 하느님이 만들어 주신 발톱과 이빨로 하느님의 뜻을 받아 천성의 행위를 행할 뿐이거늘, 사람들은 학문을 이용하여 화학이니 물리학이니를 배워서 사람의 도리에 유익하고 옳은 일에 쓰는 것은 별로 없고, 각색 병기를 발명하여 군함이니 총이니 탄환이니 화약이니 칼이니

활이니 하는 등물을 만들어서 재물을 무한히 내버리고 사람을 무수히 죽여서, 나라를 만들 때의 만반 경륜은 다 남을 해하려는 마음뿐이라.

그런 고로 영국 문학 박사 판스라 하는 사람이 말하기를 '사람이 사람에게 대하여 잔인한 까닭으로 수천만 명 사람이 참혹한 지경에 들어갔도다.' 하였고, 옛날 진회왕이 초회왕을 청하매 초회왕이 진나라에 들어가려 하거늘, 그 신하 굴평이 간하여 가로되, '진나라는 호랑이 나라라 가히 믿지 못할지니 가시지 말으소서.' 하였으니, 호랑이의 나라가 어찌 진나라 하나뿐이리오. 오늘날 오대주를 둘러보면, 사람이 사는 곳곳마다 어느 나라가 욕심 없는 나라가 있으며 어느 나라가 포학하지 아니한 나라가 있으며 어느 인간이 고상한 천리를 말하는 자가 있으며, 어느 세상에 진정한 인도를 의논하는 자가 있느뇨?

나라마다 진나라요, 사람마다 호랑이라. 세상 사람들이 말하기를 호랑이는 포학 무쌍한 것이라 하되, 이것은 알지 못하는 말이로다. 우리는 원래 천품이 은혜를 잘 갚고 의리가 깊나니, 글자 읽는 사람은 짐작할 듯하오. 옛적에, 진나라 곽무자라 하는 사람이 호랑이 목구멍에 걸린 뼈를 빼내어 주었더니 사슴을 드려 은혜를 갚았고, 영윤 자문을 나서 몽택에 버렸더니 젖을 먹여 길렀으며, 양위의 효성을 감동하여 몸을 물리쳤으니, 이런 일을 보면 우리가 은혜에 감동하고 의리를 아는 것이라. 사람들로 말하면 은혜를 알고 의리를 지키는 사람이 몇몇이나 되겠소? 옛적 사람이 말하기를 호랑이를 기르면 후환이 된다 하여 지금까지 양호유환(養虎遺患)이라 하는 문자를 쓰지마는, 되지 못한 사람의 새끼를 기르는 것이 도리어 정말 후환이 되는지라. 호랑이 새끼를 길러서 돈을 모으는 사람은 있으되 사람의 자식을 길러서 덕을 보는 사람은 별로 없소. 또 속담에 이르기를, '호랑이의 죽음은 껍질에 있고 사람의 죽음은 이름에 있다.' 하니 지금 세상 사람에 정말 명예 있는 사람이 몇 명이니 있소?

  인생 칠십 고래희라, 한 세상 살 동안이 얼마 되지 아니한데 옳은 일만 할지라도 다 못하고 죽을 터인데 꿈결 같은 이 세상을 구구히 살려 하여 못된 일을 할 생각이 시꺼멓게 있어서, 앞문으로 호랑이를 막고 뒷문으로 승냥이를 불러들이는 자도 있으니 어찌 불쌍하지 아니하리오. 옛적 사람은 호랑이의 가죽을 쓰고 도적질을 하였으나 지금 사람들은 껍질은 사람의 껍질을 쓰고 마음은 호랑이의 마음을 가져서 더욱 험악하고 더욱 흉포한지라. 하느님은 지공무사(至公無私)하신 하느님이시니, 이같이 험악하고 흉포한 것들에게 제일 귀하고 신령하다는 권리를 줄 까닭이 무엇이오. 사람으로 못된 일을 하는 자의 종자를 없애는 것이 좋은 줄로 생각하옵네다."

제8석

쌍거쌍래(雙去雙來) — 원앙

호랑이가 연설을 그치고 내려가니 또 한편에서, 형용이 단정하고 태도가 신중한 어여쁜 원앙새가 연단에 올라서서 애연한 목소리로 말을 한다.

"나는 원앙이올시다. 여러분이 인류의 악행을 공격하는 것이 다 절담한 말씀이로되 인류의 제일 괴악한 일은 음란한 것이오. 하느님이 사람을 내실 때에 한 남자에 한 여인을 내셨으니, 한 사나이와 한 여편네가 서로 저버리지 아니함은 천리에 정한 인륜이라. 사나이도 계집을 여럿 두는 것이 옳지 않고 여편네도 서방을 여럿 두는 것이 옳지 않거늘, 세상 사람들이 다 생각하기를, 사나이는 계집을 많이 두고 호강하는 것이 좋은 것인 줄로 알고 처첩을 두셋씩 두는 사람도 있으며 어떤 사람은 오륙 명도 두는 자도 있으며 혹은 장가든 뒤에 그 아내를 돌아다보지 아니하고 두 번, 세 번 장가드는 자도 있으며, 혹은 아내를 소박하고 첩을 사랑하다가 패가망신하는 자도 있으니, 사나이가 두 계집을 두는 것은 천리에 어기어짐이라. 계집이 두 사나이를 두면 변고로 알고 사나이가 두 계집을 두는 것은 예사로 아니, 어찌 그리 편벽되며 사나이가 남의 계집이 도적함은 꾸짖지 아니하고, 계집이 남의 사나이를 상관하면 큰 변인 줄 아니, 어찌 그리 불공평하오?

하느님의 천연한 이치로 말할진대 사나이는 아내 한 사람만 두고 여편네는 남편 한 사람만 좇을지라. 물론, 남녀 물론하고 두 사람을 두든지 섬기는 것은 옳지 아니하거늘, 지금 세상 사람들은 괴악하고 음란하고 박정하여 길가의 한 가지 버들을 꺾기 위하여 백년해로하려던 사람을 잊어버리고, 동산의 한 송이 꽃을 보기 위하여 조강지처를 내쫓으며, 남편이 병이 들어 누웠는데 의원과 간통하는 일도 있고, 복을 빌어 불공한다 가탁하고 중서방을 하는 일도 있고, 남편이 죽어 사흘이 못 되어 서방해 갈을 주선하는 일도 있으니, 사람들은 계집이나 사나이나 인정도 없고 의리도 없고 다만 음란한 생각뿐이라 할 수밖에 없소.

우리 원앙새는 천지간에 지극히 적은 물건이로되 사람과 같이 그런 더러운 행실은 아니하오. 남녀의 법이 유별하고 부부의 윤기(倫紀)가 지중한 줄을 아는 고로 음란한 일은 결코 없소. 사람들은 우리 원앙새의 역사를 짐작하기로 이야기하는 말이 있소. 옛날에 한 사냥꾼이 원앙새 한 마리를 잡았더니 암원앙새가 수원앙새를 잃고 수절하여 과부로 있은 지 일 년 만에 또 그 사냥꾼의 화살에 맞아 잡힌 바 된지라. 사냥꾼이 원앙새를 잡아 가지고 집으로 돌아와서 털을 뜯을 새, 날개 아래에 무엇이 있거늘 자세히 보니 거년에 자기가 잡아 온 수원앙새의 대가리라. 이것은 암원앙새가 수원앙새와 같이 있다가 수원앙새가 사냥꾼의 화살을 맞아서 떨어지니, 그 창황 중에도 수원앙새의 대가리를 집어 가지고 숨어서 일시의 난을 피하여 짝을 잃은 한을 잊지 아니하고 서방의 대가리를 날개 밑에 끼고 슬피 세월을 보내다가 또한 사냥꾼에게 잡힌 바 된지라. 그 사냥꾼이 이것을 보고 정절이 지극한 새라 하여 먹지 아니하고 정결한 땅에 장사를 지낸 후로 그때부터 다시는 원앙새는 잡지 아니하였다 하니, 우리 원앙새는 짐승이로되 절개를 지킴이 이러하오.

사람들의 행위를 보면 추하고 비루(鄙陋)하고 음란하여 우리보다 귀하다 할 것이 조금도 없소. 사람들의 행사를 대강 말할 터이니 잠깐 들어 보시오. 부인이 죽으면 불쌍히 여기는 남편이 몇이나 되겠소? 상처한 후에 사나이가 수절하였다는 말은 들어 보도 못 하였소. 낱낱이 재취를 하든지, 첩을 얻든지, 자식에게 못할 노릇을 하고 집안에 화근을 일으켜 화기를 손상케 하고, 계집으로 말하면 남편이 죽은 후에 수절하는 사람은 많으나 속으로 서방질을 다니며 상부한 지 며칠이 못 되어 개가할 길을 찾느라고 분주한 계집도 있고, 또 자식을 낳아서 개구멍이나 다리 밑에 내어버리는 것도 있으며, 심한 계집은 간부에게 혹하여 산 서방을 두고 도망질하기와 약을 먹여 죽이는 일까지 있으니,

저희들의 별별 괴악한 일은 이루 다 말할 수 없소. 세상에 제일 더럽고 괴악한 것은 사람이라, 다 말하려면 내 입이 더러워질 터이니까 그만두겠소."

원앙새가 연설을 그치고 연단에서 내려오니, 회장이 다시 일어나서 말한다.

폐회

"여러분 하시는 말씀을 들으니 다 옳으신 말씀이오. 대저 사람이라 하는 동물은 세상에 제일 귀하다 신령하다 하지마는, 나는 말하자면, 제일 어리석고 제일 더럽고 제일 괴악하다 하오. 그 행위를 들어 말하자면 한정이 없고, 또 시간이 진하였으니 그만 폐회하오."

하더니 그 안에 모였던 짐승이 일시에 나는 자는 날고, 기는 자는 기고, 뛰는 자는 뛰고, 우는 자도 있고, 짖는 자도 있고, 춤추는 자도 있어, 다 각각 돌아가더라.

슬프다! 여러 짐승의 연설을 듣고 가만히 생각하여 보니, 세상에 불쌍한 것이 사람이로다. 내가 어찌하여 사람으로 태어나서 이런 욕을 보는고! 사람은 만물 중에 귀하기도 제일이요, 신령하기도 제일이요, 재주도 제일이요, 지혜도 제일이라 하여 동물 중에 제일 좋다 하더니 오늘날로 보면 제일 악하고, 제일 흉괴하고, 제일 음란하고, 제일 간사하고, 제일 더럽고, 제일 어리석은 것이 사람이로다. 까마귀처럼 효도할 줄도 모르고, 개구리처럼 분수를 지킬 줄도 모르고, 여우보다도 간사하고, 호랑이보다도 포악하고, 벌과 같이 정직하지도 못하고, 파리같이 동포를 사랑할 줄도 모르고, 창자 없는 일은 게보다 심하고, 부정한 행실은 원앙새가 부끄럽도다.

여러 짐승이 연설할 때 나는 사람을 위하여 변명 연설을 하리라 하고 몇 번이나 생각하여 본즉, 무슨 말로도 변명할 수가 없고, 반대를 하려 하나 현하지변(懸河之辯)을 가지고도 쓸데가 없도다. 사람이 떨어져서 짐승의 아래가 되고 짐승이 도리어 사람보다 상등이 되었으니 어찌하면 좋을꼬. 예수님의 말씀을 들으니 하느님이 아직도 사람을 사랑하신다 하니, 사람들이 악한 일을 많이 하였을지라도 회개하면 구원을 얻는 길이 있다 하였으니, 이 세상에 있는 여러 형제자매는 깊이깊이 생각하시오.

공진회

안국선

서문

총독부에서 새로운 정치를 시행한 지 다섯 해가 된 기념으로 공진회를 개최하니, 공진회는 여러 가지 신기한 물건을 벌여 놓고 모든 사람으로 하여금 구경하게 하는 것이어니와, 이 책은 소설 〈공진회〉라. 여러 가지 기기묘묘한 사실을 책 속에 기록하여 모든 사람으로 하여금 보게 한 것이니, 총독부에서는 물산 공진회를 광화문 안 경복궁 속에 개설하였고, 나는 소설 〈공진회〉를 언문으로 이 책 속에 진술하였도다. 물산 공진회는 돌아다니며 구경하는 것이요, 소설 〈공진회〉는 앉아서나 드러누워 보는 것이라. 물산 공진회를 구경하고 돌아와서 여관 한등이 적적한 밤과, 기차를 타고 심심할 적과, 집에 가서 한가할 때에 이 책을 펼쳐 들고 한 대문을 내려 보면 피곤·근심은 간데없고, 재미가 진진하여 두 대문, 세 대문 책을 놓을 수 없을 만치 아무쪼록 재미있게 성대한 공진회의 여흥을 돕고자 붓을 들어 기록하니, 이때는 대정 사년 초팔월이라.

천강 안국선

이 책을 보는 사람에게 주는 글

사람들은 울지 말지어다, 슬픈 후에는 기꺼움이 있나니라. 사람들은 웃지 말지어다, 기꺼운 후에는 슬픔이 생기나니라. 기꺼운 일을 보고 웃으며, 슬픈 일을 보고 우는 것은 인정의 상태라 하지마는, 사람의 국량은 좁으니라. 넓은 체하지 말지어다. 사람의 지식은 적으니라. 많은 체하지 말지어다, 하늘은 크고 큰 공중이라 누가 그 넓음을 측량하리요. 지구에서 태양을 가려면 몇 백만 리가 되는데, 태양에서 또 저편 별까지 가려면 몇 억백만 리가 되고, 그 별에서 또 저편 별까지 가려면 몇 억천만 리가 되어, 이렇게 한량없이 갈수록 막히는 곳이 없으니 그 넓음이 얼마나 되느뇨? 세상은 가늘고 가는 이치 속이라, 누가 능히 그 아득함을 발명하리요.

사람마다 생각하라. 우리 할아버지가 우리 아버지를 낳으셨으며, 아버지가 나를 낳으셨으니 할아버지가 할머니와 혼인이 되었으므로 아버지를 낳으셨으나, 그때에 만일 할머니와 혼인이 아니 되고 다른 부인과 혼인이 되었으면 그래도 우리 아버지를 낳으시고 또 내가 생겨났을는지, 또 아버지가 어머니와 혼인이 되었으므로 나를 낳으셨으나, 그때 만일 다른 부인과 혼인이 되었다면 그래도 내가 이 모양으로 이 세상에 생겨났을는지? 이것으로 말미암아 증조부·고조부·오대조·육대조·시조까지 올라가며 여러 십 대, 여러 백 대 중에서 어느 대에서든지 한 번만 혼인이 빗되었으면 오늘 이 모양의 나는 이 세상에 생기게 되었을는지 알지 못할지니, 세상 사람이 생겨난 것부터 이렇게 요행이요, 우연한 인연이라. 그 아득함이 어떠한가? 하늘은 큰 공중이라 넓고 넓어 한량이 없고, 세상은 가늘고 가는 이치 속이라 아득하고 아득하여 알지 못할지니, 사람의 국량이 아무리 넓을지라도 공중에 비할 수 없고, 사람의 지식이 아무리 많을지라도 조화주는 따르지 못할지라.

　그러나 사람은 일정한 국량이 있고 보통의 지식이 있는 고로 기뻐하며 노여워하며, 슬퍼하며 즐거워하며, 사랑하며 미워하며, 욕심내며 겁내는 인정이 있으니, 사람은 이 여덟 가지 정이 있는 고로 사람은 아무리 하여도 사람에게서 벗어나지 못하고, 국량은 아무리 하여도 그 국량이오, 지식은 아무리 하여도 그 지식이라. 술에 취하여 미인의 무릎을 베개하고 술에 깨어 천하의 권세를 주무르며, 한 번 호령하면 천지가 진동하고, 한 번 나서면 만민이 경외하는 고금의 영웅들이 장하고 크다마는, 역시 한때 장난에 지나지 못하고, 물리를 연구하여 화륜선·화륜차·전보·비행기 등속을 발명하여 예전에 없던 일을 지금 있게 하는 이학 박사여, 용하고 가상하다마는 세상 이치의 일부분을 깨달음에 지나지 아니하도. 영웅의 끼친 역사는 슬픔과 기꺼움의 종자요, 박사의 발명한 물건은 욕심과 희망의 자취라.

그러한즉 사람은 욕심과 희망으로 살고 슬픔과 기꺼움으로 소견하는 것인가? 사람이 아들을 낳기를 바라다가 아들을 낳으면 기꺼워하고 그 아들이 죽으면 슬퍼하리니, 아들을 낳기를 바라는 것은 욕심이며 희망이오, 낳을 때에 기꺼워하고 죽을 때에 슬퍼함은 사람이 세상에 살아가는 역사를 지음이오, 사람이 부자 되기를 원하다가 재물을 얻으면 기꺼워하고 그 재물을 잃으면 슬퍼하리니, 부자가 되기를 원함은 욕심이며 희망이요, 얻을 때에 기꺼워하고 잃을 때에 슬퍼함은 또한 사람이 세상에 살아가는 역사를 만듦이라.

크고 넓은 천지에서 내가 지금 다른 곳에 있지 아니하고 이곳에 있으며, 가늘고 아득한 이치 속에서 내가 이왕에 나지도 아니하고 장래에 나지도 아니하고 불선불후(不先不後) 꼭 지금 요 때에 나서 입을 열어 기껍게 대소할 때도 있고, 주먹을 두드려 슬프게 통곡할 때도 있고, 지금은 먹을 갈고 붓을 들어 눈으로 보이는 세상 사람이 슬퍼하고 기꺼워하는 여러 가지 형편을 재료로 삼아 이 책을 기록하니, 이것은 슬픈 중에도 기꺼움을 얻고 기꺼운 중에도 슬픔을 알아 한때를 소견하려 하는 나의 욕심이며 희망이니, 이 책 보는 여러 군자는 나와 인연이 있도다.

여러 군자가 이 책을 볼 때에 기꺼워할는지 슬퍼할는지 나는 알 수 없으나, 여러 군자의 슬퍼함이 있고 기꺼워함이 있으면 또한 여러 군자가 세상에 지나가는 역사를 지음인즉, 크고 넓은 천지와 가늘고 아득한 이치 속에서 여러 군자와 나 사이에 한 가지 심령이 교통함을 깨달으리로다.

기생

문명이니 개화니 발달·진보니 하는 여러 가지 말이 지금 세상에 행용들 하는 의례건의 말이라. 조선도 여러 해 동안을 문명 진보에 열심 주의하여 모든 사물이 발달되어 가는 품이 날마다 다르고 달마다 다르도다. 이번 공진회를 구경한 사람은 누구든지 조선의 문명 진보가 오륙 년 전에 비교하면 대단히 발달되었다고 할 터이라. 그러나 외국의 문명을 수입하여 내지의 문명을 발달케 하는 때는 제일 먼저 들어오는 것은 사치라 하는 풍속이라. 교화의 아름다운 풍속은 별로 들어오지 아니하고 사치하는 풍속은 속히 들어오나니, 외국 사람은 상등 사람이라야 파나마모자를 쓰는 것인데, 조선 사람은 하등 연소한 사람도 그것만 따르고자 하고, 외국 사람은 하이칼라를 즐겨하지 아니하는 경향이 있건마는 조선 사람은 도리어 하이칼라를 부러워하는 모양이라.

이것은 무슨 연고인가 하면, 역시 세상의 풍조를 따라 남보다 신선한 풍채를 내고 싶은 마음이 생기는 까닭이오, 남보다 신선한 풍채를 내고 싶은 까닭은 오입쟁이 풍류랑을 좋아하는 마음이 있는 까닭에서 생기어 나는 법이라. 사나이가 고운 의복에 말쑥하게 차리고 버선등이나 맵시를 내고 다니는 것은 점잖은 사회 교제에 자기위의를 보전하려는 마음이 아니라, 기생이나 다른 계집에게 곱게 보이기를 위하는 마음이 있음이오, 여자가 자기 지위에 상당치 아니한 사치를 하는 것도 남의 눈에 예쁘게 보이기를 바라서 그리함인즉, 사치의 풍속은 사회 이면에 말할 수 없는 이상한 관계로 인연하여 생기는 것이라.

그중에도 기생이라 하는 무리가 있어서 직접·간접으로 사치의 풍속을 조장하는 일대 기관이 되었도다. 기생도 여러 종류가 있어서 예전에는 약방 기생이니 상방 기생이니 하더니, 지금은 무부기·유부기·삼패·색주가·밀매음 은군자, 여러 무리의 계집들이 있어서 화용월태(花容月態)를 한 번 세상에 자랑하면 부랑 남자는 더 말할 것이 없고 남의 집 청년자제들이 놓아 나기를 시작하여 여러 대 내려오던 세전기업(世傳基業)을 일조에 탕패하는 일이 많이 있더라.

경상도 진주라 하면 조선 안에 유명한 도회처요, 진주군에는 두 가지 명산이 있으니 파리와 기생이라. 파리의 수효와 기생의 수효를 비교하면 기생 수효가 파리보다 하나둘 더하다 하는 말이 거짓말 같은 참말이라. 닭이 천이면 봉이 한 마리 있다더니, 기생이 하도 많으니까 그중에 절대 미인 하나가 있던 것이라.

진주성 안에 한 기생이 있으니 얼굴이 절묘하고 행동이 얌전하여 사람마다 한 번 보면 두 번 보고 싶고, 두 번 보면 껴안고 싶고, 껴안으면 집어삼키고 싶을 만치 되었는데, 어느 누가 한 번 보기를 원치 아니하는 자가 없으나, 이 기생은 무슨 까닭인지 남자의 소원을 한 번도 들은 일이 없는 고로 진주성 안 청년 남자의 경쟁거리가 되었더라.

이 기생은 성질이 다른 기생들과 다르고 언어·행동 모든 범절이 일반 기생계에서 일종 특별한 광채를 빛내게 되었는데, 이름부터 다른 기생들과 같지 아니하도다. 기생의 이름은 행용 많이 산월이니 산홍이니 매월이니 도홍이니 하는 두 자 이름을 짓건마는, 이 기생의 이름은 석 자 이름인 고로 또 기생계에 보지 못하던 이름이라.

이름은 향운개라 부르는데, 어찌하여 이름을 향운개라고 지었느냐고 물은즉 처음에는 대답지 아니하더니, 부득이하여 향내 나는 입을 열어 말을 하는데, 말소리만 들어도 아리따운 꾀꼬리가 버들가지에서 우는 소리 같도다.

"이름이야 아무렇게 지으면 상관있습니까? 그러나 저는 실상 그러할 수는 없지요마는, 마음으로는 춘향의 절개와 춘운의 재주와 논개의 충성을 본받기 위하여 춘향이란 향 자와 춘운이란 운 자와 논개라 개 자를 가지고 향운개라 하였습니다."

이 말을 듣고 생각한즉, 춘향은 남원 기생으로 일부종사를 하기 위하여 정절을 지키던《춘향전》의 주인이오, 춘운은 김춘택 씨가 지은《구운몽》이라 하는 책에 있는 가춘운인데, 신선도 되었다가 귀신도 되었다가 만판 재주를 부리어 양소유를 농락하던 계집이오, 논개는 진주 기생으로 예전에 어느 나라 장수가 조선을 치러 왔을 때에 촉석루에서 놀음을 놀다가 그 장수를 껴안고 강물에 떨어져서 그 적장과 함께 죽은 충심이 있는 계집이라. 그러면 이 기생은 내력을 듣지 아니하면 알 수 없으나, 절개와 재주와 충심을 겸전한 계집인가?

향운개의 집 이웃집에 강 씨 부인이 사는데 이십 전 과부로 다만 유복자 아들 하나가 있어 구차한 살림살이를 근근이 지내는데, 세상을 버리고 싶은 마음이 하루에도 열두 번씩 나지마는, 어린 아들을 길러 낸 마음으로 그럭저럭 살아오는 터이라. 그 아들의 이름은 유만이니, 향운개보다 나이가 두 살이 위가 되는 터로되, 어려서부터 장난도 같이하고 음식도 서로 나눠 먹고, 자주 서로 오락가락하며 놀다가, 향운개는 열한 살이오, 유만은 열세 살 되었을 때에 남녀의 교정을 알지 못하는 두 아이가 살을 한데 대고 드러누웠다가 아이들 장난으로 남녀가 교합하는 흉내를 내었더니, 그 후로는 두 아이의 정의가 더욱 깊으나 다시는 놀지 못할 사유가 생겼으니, 강 씨 부인이 그 아들을 교육하기 위하여 천리 원정에 서울로 올라가서 학교에 입학을 하게 하고, 강 씨 부인은 방물장사를 하여서 그 학비를 대어 주기로 하였는데, 이것도 사소한 까닭이 있어서 강 씨 부인으로 하여금 이러한 결심을 하게 함이러라.

그 까닭은 무엇이냐 하면, 향운개의 어미는 추월이라 하는 퇴기로 젊어서 기생 노릇을 할 때에 여러 사람의 재산도 많이 없애어 주고 사나이의 등골도 많이 뽑던 솜씨가 아직도 남아 있어서, 그 딸 향운개의 얼굴이 절묘함을 보고 큰 보물 덩어리로 생각하여, 사오 년만 지나면 조선 천지의 재산 있는 집 자제들은 모두 후려 들일 작정인데, 향운개는 기생 노릇하기를 싫어할 뿐 아니라, 유만을 특별히 정 있게 굴며 상대하는 모양이 다른 아이들과 다른지라. 추월이 하루는 향운개를 꾀어 가며 말을 물어 유만과 향운개 사이에 그러한 사정이 있는 줄을 알고, 강 씨 부인 집을 가서 은근히 포달을 부리며 유만은 남의 집 아이 사람을 못되게 하는 놈이라고 대단 포학을 하는 것이 한두 번이 아니요, 또 강 씨 부인은 가세가 빈한하여 추월의 집 의복 빨래와 침선 등을 맡아 하여 주고 살아오던 터인데 그 후로는 생명이 끊어진 것 같은지라. 강 씨 부인이 살아갈 생각도 하고 유만을 교육시킬 생각도 하다가 추월에게 그러한 불법의 창피한 꼴을 당하고 분김에 살림을 헤치고 유만을 앞세우고 서울로 올라와서 방물장사도 하고, 남의 집 드난도 하여 목숨을 보전하는 동시에, 유만은 고등학교에 입학하게 하고 돈푼이나 생기는 대로 학비를 대어 주되 조금도 게으른 기색이 없더라.

세월이 흐르는 물결같이 달아나는 서슬에 향운개의 연광이 십오 세에 이르고 세상 물정은 문명개화의 풍조에 따라 사치하는 풍속이 날마다 늘어가매 사람마다 비단옷이 아니면 입지 아니하건마는, 진주성 주에 사는 김 부자는 위인이 검소하기로 짝이 없어 수백만 원 재산을 가지고도 비단옷을 한 번도 몸에 대어 보지 못하였더라. 김 부자는 여러 대를 내려오는 부자로되, 자손은 그리 대대로 귀하든지 일가친척이 하나도 없고, 자기 집에는 모친과 부인과 두 살 먹은 딸 하나 뿐이요, 아들 없이 삼십세나 되었는 고로 모친과 부인이 항상 첩이라도 치가하여 자손을 보라고 권고하는 터로되, 김 부자는 위인이 재산을 아끼기 위할 뿐만 아니라, 평생에 옷을 잘 입고 음식을 사치하고 첩을 두고 호강하는 것은 친자의 숭상할 것이 아닌즉, 자손이 없는 것은 한탄할 바로되 첩을 두는 것은 패가의 근본이라 하여 친구와 상종도 별로 많지 아니하거니와 기생이나 남의 계집은 별로 구경하지 못하였더니 하루는 심심함을 견디지 못하여 촉석루에서 논개의 제사를 지내는데 대단히 야단법석이라는 말을 듣고 구경을 갔더라.

이 위에 말하였거니와, 논개는 예전 기생으로 충심이 갸륵하다 하여 일 년에 한 번씩 촉석루에서 남강 물을 향하여 제사를 지내는데 이 제사는 진주 기생이 모두 모여서 설비도 굉장하거니와 사람도 많이 모여들어 대단 굉장하도다. 그중에 향운개는 원래 논개의 충심을 사모하는 터이라. 자기 집 제사는 궐할지언정 어찌 논개의 제사야 참례치 아니하리오. 수백 명 기생이며 수만 명 구경꾼이 모였는데 기생마다 사람마다 제 집에 있는 대로 궁사극치(窮奢極侈)하여 의복도 잘들 입었거니와 맵시도 이상야릇하게 잘들 내었도다. 구경하는 모든 사나이들이 이렇게 궁사극치의 고운 모양을 내는 연구는 사람마다 필경코 수백 명 기생에게 어여뻐 보이고자 하는 마음이 있는 까닭이 아닌가. 그 중에서도 보잘것없이 무명 의복에 아무 모양도 내지 아니한 사람은 김 부자라. 김 부자는 여러 사람의 호화한 기상과 찬란한 모양을 보고 혼자 마음으로 한탄하여 말하기를,

"세상에 이렇게 사치가 늘어 가다가는 나중에는 어찌되려는고? 진주 같은 지방 풍속이 이러할 제야 서울 같은 번화한 곳이야 오죽할꼬? 참, 한심한 일이로고!"

모든 것을 비관적으로만 생각하고 이러저리 구경할새 어여쁘고 아름다운 기생을 보아도 심상하게 여기더니 한곳에 이른즉 어떠한 기생 하나가 다른 기생과 마주서서 이야기하는 것을 보았도다. 모든 것을 심상히 보고 다니던 김 부자가 그 기생을 보더니 우두커니 서서 한참 동안 정신없이 바라볼 때에 무슨 까닭인지 가슴이 울렁울렁하고 자기 몸뚱이가 그 기생에게로 부썩부썩 가까이 가는 듯하도다. 다른 이에게 수상스러워 보일까 두려워하여 고개를 돌이키고 다른 것을 보는 체하여도 눈은 자연히 그 기생에게로 가는지라. 그리할 때에 마침 아는 사람 하나가 앞으로 오거늘, 김 부자가 그 사람과 두어 말을 수작한 후에 저편에 있는 기생의 이름을 물어보아 향운개라 하는 당년 십

오 세의 유명한 기생인 줄 알았으며, 가무·음률·서화의 모든 재주가 당시에 제일인 줄로 들었더라.

그날 밤에 자기 집으로 돌아와서 잠을 이루려 한즉 향운개의 형용이 눈앞에 왕래하여 가슴만 뚝딱거리고 잠은 조금도 이룰 수 없는지라, 드러누웠다가 일어앉았다가 일어서서 거닐다가 도로 드러누워 무슨 생각도 하다가 도로 일어앉아서 담배도 피우다가 다 타지 아니한 담배를 재떨이에 탁탁 털고 도로 드러누워 혼자 마음으로,

'내가 이것이 무슨 일인가. 망측하여라. 마음이 튼튼치 못하여 이러하지. 다시는 생각지 아니하리라.'
하되 자연히 생각은 도로 향운개에게로 간다.

김 부자가 여러 시간을 혼자 공연히 번뇌하다가 나중에는 벌떡 일어나서 의관을 정제하고 대문을 나서서 사고무인(四顧無人) 적적한 밤에 이 골목, 저 골목을 돌아다니다가 향운개의 문을 두드리니 맞아들이는 사람은 향운개의 어미 추월이라. 추월은 김 부자의 얼굴도 자세히 알고 그 성질도 또한 짐작이나 하는 터인데, 아닌 밤중에 자기 집을 찾아온 것을 이상스러이 생각하건마는 부자에게 아첨하는 것은 세상 사람의 보통 형편이라. 추월은 더욱이 김 부자가 자기 집 대문 안에 발을 들여놓는 것만 하여도 얼마쯤 영광으로 생각하는 터인 고로 우선 반가이

김 부자를 맞아들이는 한편으로 담배를 권한다, 주안을 차린다, 하는 중에 왔다 나갔다, 얼렁얼렁하 들분주불가들이 중에도, 김 부자가 어찌하여 우리 고을을 이 밤중에 찾아왔을까 하는 의문이 향운개의 가슴속에 풀리지 아니하여 솜씨 좋은 수작으로 난만히 벌여 놓은 한편으로 눈치를 보고 한편으로 말귀를 살필 때쯤 김 부자가 주저주저한 모양이 저절로 나타나지마는 역시 옹졸한 인사가 이런 말 저런 말로 추월의 말을 따라 한참 늘어놓다가, 한즉 추월은 굿 들은 무당 같아서 속마음으로,

'인제 제 밀 수가 나나 보다.'

하고 시급히 사람을 보내어 촉석루 논개제에서 아직 돌아오지 아니한 향운개를 불러왔더라.

김 부자는 향운개를 앞에 앉히고 술잔이나 마시며 행용하는 수작으로 한참 동안을 노닐다가 취흥이 도도한 중에 아무리 하여도 그저 갈 수는 없는지라, 향운개를 대하여,

"오늘 밤에 좋은 인연을 맺고 내일부터는 기생 영업을 고만두고 나와 백년가약을 맺자."

하였으나 향운개는 당초에 듣지 아니하려 하여 처음에는 좋은 말로 김 부자의 소청을 거절하다가, 나주에는 불쾌한 말로 김 부자의 얼굴을 붉게 하기까지 이르렀더라.

김 부자가 할 수 없이 그날 밤에는 향운개의 집을 사례하고

자기 집으로 돌아와서 사랑방에서 혼자 잠을 자면서 향운개와 놀던 꿈만 꾸었도다. 김 부자는 향운개와 인연을 맺지 못한 것만 한탄하고 한편으로 분한 마음을 금할 수 없었으나 향운개를 어여쁘게 생각하는 사랑 마귀는 김 부자의 가슴속을 떠나지 아니하더라.

그 이튿날 김 부자의 집에는 양반 상하 없이 괴상스럽게 생각하는, 별안간 생긴 일이 있으니, 다름 아니라 김 부자가 수천 원 돈을 들려 시체 비단을 필로 끊어다가 의복을 지으라 재촉이 성화같고, 금반지·보석 반지·금테 안경·금시계·파나마모자·단장, 맵시 있는 마른신까지 꾸역꾸역 사들이는 것이라. 평생에 검소하기로는 짝이 없고 세상 사람이 사치하는 풍속을 꾸짖고 비평하던 김 부자가 이렇게 의복을 장만하고 사치품을 사들이는 것은 아무래도 괴상히 생각할 수밖에 없도다. 김 부자가 이렇게 호사를 찬란히 하고 어디를 가느냐 하면 첫 출입이 향운개의 집이라. 김 부자가 향운개를 생각하는 품이 이 도령이 춘향을 생각하는 것보다 더하면 더하였지 조금도 덜하지 아니한데, 향운개와 인연을 맺고자 하다가 뜻을 이루지 못한 후로는 혼자 생각하기를,

'내가 얼굴이 남만 못한가, 돈이 없느냐? 어찌하여 제가 일개 기생으로 나제가 일개 듣지 아니하뇨? 아마도 내가 의복이

추솔하여 고운 모양이 없으므로 제 눈에 들지 아니하여 그러한가?'

하고 아무쪼록 향운개의 눈에 들기 위하여 의복 범절을 찬란히 하고 향운개의 집을 자주자주 찾아다니게 되었더라. 말을 하여도 총채 수작을 배워 가며, 재담은 듣는 대로 기억하여 두고 말솜씨를 이상야릇하게 지어서 한다. 혼자 타는 넋은 심심도 할 뿐 아니라 자기 혼자 수단으로 능히 향운개의 마음을 돌리기 어려울까 하여 기생 좌석에 익달한 친구 두어 사람을 데리고 다니는데 이 사람들은 모양도 썩 하이칼라요, 수작도 잘하고 노래도 잘하고 음률도 반짐작이나 하는 위인들이니, 기생집이라면 자기 집 안방으로 알고 기생을 마음대로 농락하는 사람들이라. 하루를 다니고 이틀을 다니고 그럭저럭 수십 일이 넘었으되 향운개의 마음은 조금도 김 부자에게 따르지 아니하는 고로 김 부자는 할 수 있는 대로 수단을 부리며 돈을 들이며 향운개를 집어삼키려 하고, 함께 다니는 여러 사람도 김 부자를 위하여 향운개의 마음을 돌리려고 제갈량 같은 모든 기기묘묘한 계략을 다 부리는 터이라.

향운개의 집에서는 그 어미 추월이 향운개를 시시로 때리며 어르며 혹간 달래기도 하여 향운개로 하여금 김 부자의 소청을 들어 김 부자의 재산으로 호강을 하려 하니, 향운개는 사면수적

(四面受敵)이요, 고성낙일(孤城落日)의 비참한 지경에 빠졌는데 향운개는 일개 섬섬한 약질이요, 한 사람도 도와줄 사람은 없고 대적은 모두 위의당당한 출출명장이라.

……이 책을 기록하는 이 사람은 향운개를 위하여 불쌍한 눈물을 뿌리노니, 향운개여, 네가 어찌하여 이 지경을 당하느냐? 네가 장차 어떻게 하려느냐? 향운개여……!

향운개는 지금 겨우 십오 세의 어린 기생이로되 숙성하기가 십칠팔 세나 되어 보이는 고로 향운개의 어미 추월은 어서 하루 바삐 부자를 많이 상관케 하여 재물을 뺏어 먹을 작정인데, 향운개는 일향 청종치 아니하고 어미 추월이 꼬이고 달래며 김 부자와 상관하라 하면 향운개는 온순한 태도로 공손히 말하되,

"내가 불행히 기생의 몸이 되었을지라도 절개는 지킬 수밖에 없으니, 계집이 일부종사를 못 하고 이 사람, 저 사람 뭇사람을 상관하면 짐승이나 다를 것이 무엇 있사오리까. 짐승 중에도 원앙새나 제비 같은 것은 그렇지 아니하니, 사람이 되어 미물만 못하오리까. 나는 어려서 유만과 상종이 있었으니, 유만은 나의 남편인즉 유만을 만나기 전에는 결코 다른 사람과 추한 관계를 맺지 아니하겠사오이다. 또 지금 법률에는 기생이라 하는 것이 재주를 팔아먹으라는 것이지 매음하라는 것은 아니온즉 여

간 재산을 욕심하여 법률을 위범하는 것은 국민의 도리가 아니오이다. 어찌 사람이 법률을 범하고 행실을 부정히 하여 금수만 못하게 된단 말씀이오니까. 기생 노릇을 하더라도 정당하게 할 것이지 뭇사람을 상관하여 매음을 하는 것은 기생이 아니라 짐승이올시다. 나는 죽어도 어머니 말씀을 순종할 수 없어요."

향운개의 어미 추월이 이 말을 듣더니 하도 기가 막히고 분하여 열 길, 스무 길 반자가 뚫어지도록 날뛴다.

"잘났다, 잘났다. 우리 집안에 정절부인이 났고나. 이년, 정절이 다 말라죽은 것이냐? 정절, 정절! 이년, 네 어미는 뭇서방질을 하여 너를 낳았으니 네 어미도 기생 노릇을 아니하고 짐승 노릇을 하였다는 말이로구나. 이년, 유만하고 상관이 있었다고? 계집아이년이 남부끄럽지도 아니하여 그런 말을 하느냐? 여남은 살 먹은 어린것들이 철모르고 장난한 것이지, 상관이 다 무엇이냐? 이년아, 두 살 먹어 같이 잤어도 서방이라고 정절을 지킬 터이냐? 네가 나이가 어려서 철을 몰라도 분수가 있지, 유만이 그까짓 가난뱅이 빌어먹는 놈이 네 서방이란 말이냐? 요년, 굶어죽기 똑 알맞다. 이년, 네가 아무리 하여 보아라. 내 솜씨에 내 말 아니 듣고 견디어 내나? 요년, 법률은 어디서 그렇게 똑똑히 내었느냐. 이년, 법률을 그렇게 자세히 아니 변호사가 되겠구나. 이년아, 변호사는 목구멍을 팔아먹고 기생은 그 구멍을 팔아먹는다는 말을 듣지도 못하였느냐?"

입으로는 소리를 지르고 손으로는 방망이를 가지고 사정없이 때리며 금방 향운개를 죽일 것같이 날뛰는데, 향운개는 조금도 원망하는 기색도 없고 두려워하는 기색도 없고, 다만 죽으면 죽었지 그러한 행위는 아니할 터이야, 하는 기색이 자연히 그 얼굴에 나타나더라.

추월은 날마다 날마다, 하루에도 열두 번씩 향운개를 들볶는데 향운개는 혼자 생각하기를,

'내가 아무리 철모르고 어려서 유만과 그리하였을지라도 그것은 잊히지 아니하니 다른 남편은 세상없어도 얻지 아니하리라.'

하고 어미가 야단을 칠수록 향운개의 결심은 더욱 단단하여지는지라. 김 부자의 마음은 더욱 간절하고 어미의 욕심은 더욱 불같아서 향운개를 에워싸고 만반의 수단을 다 부리고 일천 가지 꾀를 다 써 보아도 향운개의 마음은 항복받지 못하였는지라. 김 부자는 추월과 여러 사람과 의논을 정하고 이제는 할 수 없이 배성일전(背城一戰)에 단병접전(短兵接戰)으로 돌관할 방침을 작정하였더라.

하루는 어미 추월이 향운개를 대하여 말하기를,

"너는 그전부터 기생 노릇 하기를 싫어했기에 오늘부터는 기

생 영업을 폐지하게 되었으니 그리 알아라. 경찰서에 기생 영업 폐지 신청도 다 하여 놓았고 기생 조합에 이름도 빼었다."

향운개는 벌써 추월의 눈치도 짐작하였으며, 김 부자의 음흉한 계략인 줄로 심량하였더라.

하루는 낯모르는 사람 수삼 인이 향운개의 집을 찾아와서 술도 먹고 노닥거리더니 그중에 한 사람이 저희끼리 하는 말이,

"내가 서울에 갔다가 작일에 내려왔는데 서울서 불쌍한 일을 보았거니."

또 한 사람이 무슨 일이냐 물은즉,

"유만이라는 진주 학생이 학교 공부도 잘하고 사람도 착실하여 사람마다 칭찬이 대단하더니, 그 아이가 일전에 괴질 같은 급병으로 죽었는데, 유만의 어미가 유골을 가지고 돌아다니는 꼴은 불쌍하기가 이를 데 없어……."

저희들끼리 서로 주거니 받거니 하는 이야기로되 자연 향운개의 귀에도 들릴 만치 하는 말이라.

그 후 수십 일이 지난 후에 향운개는 김 부자의 집으로 들어가게 되었는데, 이것은 향운개의 마음이 아니라 김 부자가 어미 추월과 언약을 정하고 경찰서에 대하여 향운개가 김 부자의 첩으로 들어가는 입가 신고를 하여 놓고 부지불각에 향운개를 김 부자의 집으로 데려갔더라.

향운개는 아무 말 없이 김 부자의 집에서 거처하게 되었는데 향운개는 김 부자더러 말하기를,

"나는 유만을 남편으로 알았더니 유만이 죽었다 하온즉 석 달만 유만의 복을 입을 터이니 그동안만 참아 주시면 그 후는 영감의 말씀대로 하오리다."

하였더니, 김 부자는 향운개의 소청을 의지하여 아직 몇 달은 향운개와 동침하지 아니하기로 되었는지라. 김 부자의 집에서는 남녀노소 없이 향운개를 수직하기를 감옥에 갇힌 죄인 간수하는 것과 일반이라.

김 부자 집에 침모로 있는 김 씨라 하는 젊은 부인이 있는데, 당년 이십오 세의 청춘과부라. 얼굴이 어여쁘지는 아니하나 위인은 단정하고 침선범절이 능란한 계집이라, 자연 향운개와 통사정할 만치 가까워졌더라.

하루는 향운개가 침모더러 수작을 한다.

"침모는 청춘에 과부가 되었으나 개가하지 아니하고 정절을 지키니 참 장한 일이오."

"나는 남편을 얻고 싶지마는 마음에 맞는 사나이를 아직 만나지 못하였어."

"그러면 이 집 주인 영감의 별당 마마가 되면 어떠하겠소?"

침모의 얼굴이 붉어지며 남부끄러워하는 기색이 나타난다.

"그렇지 아니하여도 내가 이 댁에 침모로 들어온 것은 당초에 이 댁 노마님이 주인 영감의 첩을 삼아 자손을 보려고 데려온 것인데, 주인 영감이 첩은 당초에 아니 둔다고 떼치는 까닭으로 첩이 되지 못하고 침모가 되었어요."

"그러면 내 말대로만 꼭 하면 주인 영감의 별실 마마가 될 터이니 그리하여 보겠소?"

"어떻게 하라는 말씀이오?"

향운개가 침모의 귀에다 입을 대고 무슨 말을 한참 수군수군하더니 침모는 고개를 끄덕끄덕하며 하는 말이,

"그런 일은 잘할 사람이 하나 있으니 염려 마시오."

그해는 그럭저럭 다 넘어가고 그 이듬해 이월이 되었는데, 김 부자는 하루바삐 향운개의 향기 나는 이불을 함께 덮고 잠을 자고 싶어서 부등부등 쓰건마는, 향운개의 마음을 사기 위하여 향운개의 소청대로 지금까지 참아 오던 터이라. 향운개가 소청한 기한도 얼마 멀지 아니하였는데, 그 달 초파일은 김 부자의 부친 제삿날이라. 부잣집 제사라 굉장하게 제사를 성설하는데 집안사람은 모두 제사 차리기에 분주하건마는, 향운개는 수일 전부터 병이 나서 제사 차리는 데 조금도 내어다보지 아니하고 별당에 드러누워 한숨만 쉬고 있다. 김 부자가 제사를 다 지내고 제물을 철상(撤床)하려 하는 즈음에 어떤 사람이 바깥으로부터

안마당에 썩 들어서며 김 부자를 청하여, 제물을 철상하기 전에 급히 할 말씀이 있다 하거늘, 김 부자가 내려다본즉 풍신 좋은 백발노인이라. 의복은 이슬 밭에 쏘다니던 사람같이 휘지르고 손바닥에는 생율 친 밤 한 개와 잣 박은 대추 한 개를 가졌더라.

김 부자가 괴상한 늙은이라 생각하고 묻는 말이,

"누구시며 무슨 일로 오셨소?"

그 노인이 김 부자더러 잠깐 내려오라 하여 자세히 말하는데,

"내가 지금 남강에서 오늘 제사 잡수시는 댁 부친의 혼령을 만났소. 댁 부친의 혼령이 나를 보고 하는 말이……. '우리 집이 여러 대를 내려오던 부자인데 내 아들 대에 와서 부자가 결딴나고 집안에 큰 화란이 장차 이르겠으니, 내가 오늘 제사도 잘 먹지 못하고 그 앙화를 면하게 하여 주고 싶지마는, 유명이 달라 말할 수가 없으니 당신이 내 아들에게 가서 보고 말씀하여 주시오. 가서 말을 하더라도 내 아들이 믿지 아니하기 쉬우니 이것을 가지고 가서 증거를 삼으시오…….' 하고 이 밤 한 개와 대추 한 개를 내 손에다 얹어 주신 것이니, 우선 이 밤·대추가 다른 밤·대추도 아니요, 정녕히 그 접시에서 빼낸 밤·대추요."

빼어 낸 구멍으로 들여다본즉, 밤·대추 고이느라고 동그랗게 베어서 켜켜이 깔아 놓은 백지 종이에 무슨 글씨가 있는 듯하거늘, 밤 접시를 내려다가 밤을 쏟고 그 종이를 들고 본즉 글

이 있는데,

'김가 성을 취하여 아들을 낳으면 대대 영광이 문호를 빛낼 것이라.'

또 대추 접시를 내려다가 대추를 쏟고 종이를 본즉 거기도 글이 있는데,

'향운개는 전생에 너의 동복이니 취하면 앙화 있으리라.'

김 부자는 사물에 자상한 사람이라 글씨를 자세히 살펴본즉 먹으로 쓴 것도 아니요, 붓으로 쓴 것도 아니요, 글자 체격도 이상하여 아무리 보아도 세상 사람의 글씨는 아닌 듯하다. 돌아서서 그 노인을 찾으니 그 노인은 벌써 간 곳이 없고, 그 노인이 섰던 자리에는 자기 부친이 생전에 쓰던 벼룻돌이 있는데, 먹을 간 형적이 마르지 아니하였다.

김 부자는 원래 효성이 지극한 사람이라 부친 생전에 한 번도 그 부친의 명령을 어긴 일이 없다고 자랑하던 터인데, 이번에 이러한 희한한 일을 당하여 어찌 믿지 아니하리오. 당장에 별당으로 가서 향운개를 보고 이왕에 잘못한 일을 사과하는 동시에 남매지의를 맺고, 이튿날 즉시 경찰서에 가서 신고서를 빼고 수일 후에 향운개의 권고를 의지하여 침모를 김 부자의 별실로 정하게 되었으니, 이것은 향운개가 침모 김 씨의 영리한 행동과 주인의 별실 되기를 원하는 마음이 있는 것을 인하여 전후사를

꾸미고 자기 몸을 빼어 감이러라.

향운개는 호랑이의 아가리를 벗어났으나, 이다음에 다시 다른 호랑이 아가리에 또 들어갈는지 알지 못하는 근심이 있는 고로 마음을 결정하고 멀리 일본 동경으로 건너가서 고생도 무수히 하다가 반연을 얻어 적십자사 병원의 간호부가 되었더라.

때는 마침 유럽에 큰 전쟁이 일어나 덕국(德國)과 오국(墺國) 두 나라가 영국·법국·러시아에 대하여 선전을 포고하고 싸움을 시작하니 일본은 영국과 동맹 지국이라 일본도 역시 전쟁에 참여하여 덕국과 싸우게 되었는데 일본의 막막강병이 청도를 에워싸고 덕국 군사와 죽기를 결단할 때에, 부상한 군사와 병든 군사를 구호하기 위하여 적십자사 병원이 청도 공위군에 있는 땅에 설치되고 간호부도 많이 가게 되었는데, 향운개도 역시 자원하여 전지에 향하였도다.

강 씨 부인이 아들 유만을 교육하기 위하여 비상한 곤란을 무릅쓰고 천하고 힘든 일을 모두 하여 가며 학비를 대어 준 공덕이 적지 아니하여 유만이 학교를 우등으로 졸업하였으나, 그 학교를 졸업하기 전에 강 씨 부인이 병이 들어 수삭을 꼼짝 못하는 동안에 학비를 댈 수가 없는 고로 학교 교장이 그 사정을 짐작하고, 또 유만의 위인이 똑똑하고 근실함을 가상히 여기던 터에 유만이 졸업 기한도 얼마 남지 아니하였으므로, 학교에 드는 비용은 자기가 대어 주기로 하고 식사와 의복은 교장의 친구 이등 대좌에게 의탁하게 되었는데, 이등 대좌가 유만을 자기 집에 있게 지내 본즉 마음에 대단히 합당하여 학교를 졸업한 뒤에 동경으로 보내어 공부를 시킬 작정이었으나 유만이 혼자 사는 모친을 멀리 떠나지 못하겠다는 사정을 인연하여 졸업한 뒤에도 아직 자기 집에 두었더니, 유만이 낮에는 이등 대좌의 집에 있어 심부름도 근실히 하고 집안일도 보살펴 주며 밤이면 야학을 근실히 하여 청국 말을 배웠더라.

그 후에 이등 대좌는 동경 참모 본부로 이직이 되었다가 청도 공위군의 사령관이 되었는데 유만이 청국 말을 능란히 하게 됨을 생각하고 불러들여 통변으로 데리고 함께 전지로 가서, 유만은 항상 사령부 안에 있어서 청국 사람과 관계되는 일에 대하여는 혼자 통변하는 노무를 가지게 되었더라.

그때 향운개는 적십자사 병원에서 모든 간호부보다 출중하게 간호 사무를 보는데, 이왕 사오 년 동안을 동경에서 있었던 고로 언어·행동이 조금도 내지 여자와 다름이 없고 이름조차 내지인의 성명과 같이 부르게 되었으니, 글자로 쓰면 향운개자(香雲介子)라 쓰고 다른 사람이 부르기는 기구모 상, 혹은 오스케 상이라 부르더라.

수만 명 군대 중에 향운개자의 이름이 사람의 입에 오르내리니, 첫째는 얼굴이 절묘하여 절대미인이라 하는 말이요, 둘째는 향운개자가 사무에 능란하고 기운차게 일을 잘하며 부상한 병정을 간호하는 데 제일 친절하다는 말이라. 병든 군사가 한 번만 향운개자의 간호를 받으면 병이 곧 낫는 듯하고, 총 맞은 상처에도 향운개자가 손을 대면 아프지 아니한 듯하므로 향운개자의 손으로 여러 천 명 군사를 살려 낸 터이라.

청도 함락은 금일 명일 하는데 덕국 군사는 독 안에 든 쥐와 같이 철통같이 에워싸인 중에도 대포를 놓는다, 총을 놓는다, 비행기를 타고 공중에 올라가서 폭발탄을 던진다 하여 마음 놓을 수는 없는 터이라.

하루는 밤중에 별안간 벽력 소리가 나면서 사령부 근처에 폭발탄이 떨어져 여러 사람이 중상하였다 하더니, 상한 사람을 병원으로 메어 온다. 메어 온 사람 중에 조선 사람 하나가 있으니 성은 최가요 이름은 유만이라.

향운개자는 분주불가하여 정신없이 돌아다니며 치료에 종사하다가 조선 사람이라 하는 말을 듣고 더욱 반가워서 정성껏 간호하다가 성명 쓴 종이를 본즉 최유만이라 하였거늘, 얼굴빛이 파래지며 일신이 떨리고 정신이 아득하여 그 자리에 바로 엎드러진다.

최유만이 죽었는지 살았는지 기색하여 아직 피어나지 못한 사람이라. 향운개자는 한참 지난 후에 정신을 차려 일어나서 최유만의 얼굴을 들여다본즉 이별한 후 근 십 년이 되었는 고로 진가를 알 수 없으나, 비슷하다 하는 관념은 가슴속에 있어 극진 정성으로 간호하더라.

공진회 구경 마당에서 외따로 떨어진 나무 그늘 밑에 다수한 사람들이 모여서서,

"참 반갑구나, 이 문둥아, 어디 갔던고!"

하고 떠드는 사람이 진주에서 올라온 늙은 기생, 젊은 기생들이요, 그 인사를 받는 사람은 향운개와 강 씨 부인과 최유만이라.

인력거꾼

해는 거의 서산에 넘어가고 겨울바람은 냉랭하여 남의 집 행랑채에 세로 들어, 하루 벌어 하루를 먹는 노동자의 여편네가 쌀은 없고 나무가 없어 구구한 살림살이에 애만 부등부등 쓰는 이때에, 새문밖 냉동 좁은 골목 막다른 집 행랑 한 간 방에 턱을 고이고 수심 중에 앉아서 혼잣말로 한탄하는 여편네가 있으니, 그 남편은 병문친구(屛門親舊)들이 부르기를 김 서방이라고 하고, 김 서방은 본시 양반의 자식으로 가세가 타락하여 할 수 없

이 남의 집 행랑채를 얻어 들고 병문에 나가서 지게벌이도 하며, 남의 심부름도 하여 하루 벌어다가 겨우 연명하는 터인데, 김 서방의 위인이 술을 좋아하여 하루라도 술을 못 먹으면 병이 되는 듯하다. 술만 먹으면 한두 잔은 평생 먹어 본 일이 없고 소불하 수십 잔이나 먹어야 겨우 갈증이나 면하는 모양이라. 그러하므로 매일 장취 술만 먹고 살림을 돌보지 아니하는도다. 사나이가 살림을 돌보지 아니하면 그 여편네는 물을 것 없이 고생하는 법이라.

김 서방의 아내는 일구월심 속이 타고 마음이 상하여 하루 몇 번 죽을 마음도 먹어 보았으며, 도망하여 다른 서방을 얻어 살 생각도 하여 보았지마는, 오늘 이때까지 있는 것은 그 본심이 상스럽지 아니하고 얼마쯤 장래의 희망을 가지고 있는 터이라.

이날도 김 서방의 아내는 쓸쓸한 방 안에 혼자 앉아서 배가 고파도 밥 지을 양식이 없고. 방이 추워도 불을 땔 나무가 없이 바느질만 종일하다가 이따금 두 손을 입에 대고 호호 불며 발가락을 꼼작꼼작 꼼작이며 한숨만 귀고 들창에 비치는 햇빛만 바라보더니 혼잣말로,

"애고, 벌써 해가 다 갔네. 저녁밥을 어떻게 하나……. 오늘은 얼마나 술을 자시기에 이때껏 아니 들어오시노……?"

이때에 문을 박차고 들어서는 사람은 김 서방이라. 날마다 보

는 모양이라, 대단히 취한 술 냄새와 방문턱을 못 넘어서고 드러눕는 그 거동을 그 여편네는 별로 이상히도 생각하지 아니하고 하는 말이,

"그런데 쌀도 조금 아니 팔아 가지고 들어왔으니 저녁은 어떻게 하라고?"

"아! 쌀이 조금도 없나, 응? 나는 밥 생각이 없어."

그 여편네는 아무 말 없이 돌아앉아서 눈물이 그렁그렁. 김 서방의 아내는 얼굴이 동그스름하고 미목이 청수한 중에 과히 어여쁘지는 못하나, 성품이 순직하고 태도가 안존하여 아무가 보아도 밉지 아니하다. 스물두 살이나 세 살쯤 되었는데 모양은 조금도 내지 아니하고 생긴 본바탕대로 그대로 있어 어디인지 귀인 성스러운 자태가 드러난다. 김 서방은 술기운에 걱정 없이 드러누워 씨익씨익 잠을 자는데 그 아내는 혼자 앉아서 등불만 보고 정신없이 무슨 생각을 하고 이따금 한숨도 쉬며 세상을 귀찮게 생각하는 모양이라.

'제기랄 것, 내버리고 달아나서 좋은 남편을 만나 가지고 살아 볼까. 어디 가기로 이렇게야 고생할라구? 아니 아니, 그렇지도 못하지. 귀밑머리 맞풀고 만난 남편을 어떻게 내버리고 어디를 가나……. 고생을 하면서도 잘 공경하고 살아가면 자기도 지각이 날 때가 있겠지. 종시 이러하거든 죽어 버리지.'

저녁밥도 못 먹고 곤한 몸이 밤 깊도록 앉아서 한숨으로 그 밤을 그 밤을 보내다가 드러누워 잠을 자려 한즉, 이런 생각 저런 생각, 눈이 더욱 말똥말똥, 잠커녕 아무것도 아니 온다. 불도 끄지 아니하고 혼자 고생고생할 때에 씩씩거리고 잠을 자던 그 남편이 벌떡 일어앉으며,

"아이고 목말라라. 물 좀 주어, 물 좀."

추위가 이를 데 없는 그 밤에 문을 열고 나가서 물을 떠다 주니 꿀떡꿀떡 한 대접 물을 다 먹고는 한참 드러누웠더니 하는 말이,

"여보게, 자네 저녁밥 먹었나?"

아내는 아무 대답도 아니하고 고개를 푹 숙이고 눈물만 그렁그렁하다.

"응, 못 먹은 것이로고. 아, 내가 잘못하였지. 그놈의 술집이 웬수야."

이때에 아내가 무엇에 감동하였는지 정색하고 돌아앉아 남편을 보고 하는 말이,

"여보시오, 술집이 무슨 웬수요? 당신이 오늘 나와 약조를 합시다. 우리가 일생을 이대로 지낸단 말이오? 평생을 이렇게 가난하게만 고생으로 살 것 같으면 차라리 지금 죽어 버립시다. 당신도 사람이요, 나도 사람이지. 아까 집주인이 방을 내놓고

어디로 나가라고 사설하던 일과, 일수 놓은 오 생원이 돈을 내라고 구박하던 일과, 쌀가게에서 외상 쌀값 스무 냥을 내라고 욕설하던 일을 생각하면 저녁거리가 있은들 밥이 어찌 목구멍으로 넘어간단 말이오? 당신이 내 말을 들으시지 못할 것 같으면 나는 오늘 밤이나 내일 아침에 자결하여 죽겠소."

말을 그치고 앉았는 모양이 엄숙하고 무섭도다. 김 서방은 아내의 정당한 말에 할 말이 없어서 일어앉아서 팔짱을 끼고 고개를 숙이고 잠잠히 있는데 아내는 다시 말하기를,

"우리 집안이 그전에는 그렇지 아니하던 집으로 오늘날은 떨어져서 이 지경이 되었으니 어떻게 하든지 돈을 모아 집을 성가하여 남부럽지 아니하게 살아 보아야 할 것 아니오. 또 삼촌이 잘살면서 자기 조카를 구박하여 죽이려 하고, 나중에는 내어쫓은 일을 생각하면 우리가 이를 갈고 천하고 힘 드는 일이라도 아무쪼록 벌이하여 돈을 모아 분풀이를 하여야 할 것 아니오니까. 그까짓 술 좀 아니 자시면 어떠하오? 내가 무슨 저녁밥을 좀 못 먹어서 분하겠소……?"

말을 다하지 못하여 목이 메어 눈에는 눈물이 핑 돈다. 한참 동안을 두 내외가 아무 말도 없이 앉았더니, 김 서방이 천진스럽게 하는 말이,

"자네 말을 들으면 그러한데, 아 술집 앞으로 지나면 술 냄새

가 자꾸 나를 잡아당기는 것을 어떻게 하여?"

아내가 이 말을 듣더니 눈물은 어디 가고 빙긋 웃는다.

"여보, 당신이 집안일을 생각하면 술 냄새가 비상 냄새 같을 것이오. 시아버님이 약주를 과히 잡수시다가 끝에는 술에 취하여 깊은 개천에 떨어져서 골병들어 돌아가시고, 요부하던 재산이 다 술로 하여 없어졌으니, 술이 당신에게는 비상이오. 그러한즉 여보, 내가 아까 당신과 약조합시다 한 것은 당신이 삼 년 동안만 술을 끊고 부지런히 벌이를 하여 봅시다 하는 말이오. 세상에 술 아니 먹고 부지런하면 못 살 이치가 어디 있겠소? 당신이 만일 못 하겠다 하면 나는 죽을라오."

김 서방이 머리를 득득 긁더니 손톱에 끼인 시커먼 머리때를 엄지손톱으로 바람벽에다가 탁탁 튀기면서,

"어디 그렇게 하여 볼까? 그래, 술을 아니 먹으면 부자 될까?"

아내가 허허 웃으며,

"술을 아니 먹는다구 부자가 될 리가 있겠소? 술을 끊고도 부지런하여야지. 자, 그러면 밝은 날에는 인력거를 한 채 세내 가지고 인력거를 끌어서 하루 스무 냥을 벌든지 쉰 냥을 벌든지 나한테만 맡기시오. 나도 바느질도 하고 남의 집 일도 하여 다만 한 푼씩이라도 돈을 모으고 살 터이니."

김 서방이 가만히 생각하더니 별안간 하는 말이,

"그러세! 제길, 술 먹으면 개자식일세."

(이 책을 기록하는 이 사람이 김 서방 부인에게 감사할 말 한마디가 있도다. 이 책을 보는 세상의 모든 군자들이여, 김 서방 부인의 '술을 끊고도 부지런하여야지.' 하는 말 한 구절을 기억할지어다. 이것이 치부의 비결인가 하노라.)

김 서방 내외의 이론이 일치하여 장래에 부자가 되어 잘살 이야기로 그럭저럭 밤을 새우고 날이 밝으매, 아내가 머리에 꽂은 귀이개를 빼어 가지고 전당포에 가서 돈푼이나 얻어 가지고 구멍가게에서 파는 쌀 서너 움큼을 사다가 부엌 구석의 검불을 닥닥 긁어 밥을 지어먹은 후에 김 서방이 인력거 세를 얻으러 나간다.

술집 앞을 지나면 억지로 고개를 외로 두고 술집을 아니 보려 하지마는, 고개만 외로 틀었지 눈은 저절로 술집으로 간다. 이 때에 어떤 사람이 술집에서,

"한 잔 더 부오!"

하는 소리가 나며 술 냄새가 김 서방의 코를 찌르니 김 서방이 깜짝 놀라며 두 손으로 코를 싸쥐고 달음박질하면서 하는 말이,

"아이고 비상 냄새야!"

종일 헤매다가 해 질 머리에야 겨우 인력거 한 채를 세 얻어 가지고 돌아오니, 아내는 벌써 저녁밥을 지어 놓고 기다리거늘,

두 내외가 저녁밥을 먹은 후에 지난밤에 조금도 잠을 자지 못한 까닭으로 졸음이 와서 못 견디어 어둡기 전부터 잠을 잔다. 김 서방이 하는 말이,

"여보게, 나는 늦도록 잠자기 쉬우니 내일 새벽에 어둑할 때에 나를 깨우게. 종현 뾰죽집에 종칠 때에 곧 깨우게. 새벽부터 일찍이 나가서 벌어야지."

아내는 남편이 술을 끊고 이렇게 부지런한 마음이 생긴 것만 좋아서 그러하마고 허락하고, 두 내외가 전보다 유별나게 정이 있어 드러누워 장래에 부자 될 꿈이나 꾸었는지.

종현 뾰죽집 종소리가 새문밖에 김 서방의 마누라의 꿈을 깨워 잠든 귀를 떵떵 울리니, 김 서방의 아내가 잠결에 깜짝 놀라 일어앉아 불을 켜고 남편을 깨운다.

"여보, 일어나오. 지금 종이 쳤소. 창이 환하게 밝았나 보오. 예, 어서 일어나오."

곤하게 잠을 자던 김 서방이 벌떡 일어나며 혼잣말로,

"잠든 지가 얼마 아니 되는 듯한데 벌써 밤이 새었나? 아이고 졸리어."

아내가 물을 데워서 찬밥과 함께 소반에 받쳐다가 김 서방의 앞에 놓으니 물만 조금 마시고 수건으로 귀를 싸매고 인력거를 끌고 나간다.

설상에 부는 바람은 몸이 떠나갈 것 같고 노변에 깔린 얼음은 발목이 빠질 듯하다. 추위가 하도 지독하고 바람이 하도 몹시 불어 지나다니는 사람이 하나도 없고 천지가 쓸쓸한데 김 서방은 인력거 채를 가슴 위에 얹고 큰 거리에 나가서 인력거 주차장에 인력거를 놓고 두루마기로 몸을 싸고 앉았으나 밤은 밝지 아니하고 점점 어두워 간다. 김 서방은 혼잣말로 중얼거린다.

"일기가 하도 지독히 추워서 지나다니는 사람이 없으니까 다른 동무들은 그저들 아니 나오나? 이것이 웬일인고. 아무리 보아도 새벽 같지 않고 초저녁 같으니 웬일인고? 인력거 탈 손님은 오든지 말든지 밤이나 어서 밝아야 할 터인데. 천지가 조용한데 나 혼자 여기서 이게 무슨 청승인가, 내가 도깨비한테 홀리었나? 종 쳤다고 한 지가 벌써 두 시간이나 지내었을 요량인데, 여태 밝지 아니하니 아마도 마누라가 다른 소리를 종 치는 소리로 알고 깨운 것이나 아닌가? 이 제밀, 졸리기는 픽도 졸이네. 눈을 뜰 수가 없이 졸리네, 어찌된 셈이야? 내가 아무리 하여도 무엇에게 홀린 것이로고……. 이렇게 졸린 것 보았나, 여기서 잠을 잤다가는 강시할걸……. 눈을 집어서 얼굴을 씻으면 잠이 달아나겠지."

이렇게 혼자 구성구성하면서 그 옆의 언덕 위로 올라가서 길가로 쌓인 눈을 한 주먹 집어서 얼굴을 씻으려 하더니 무엇에 놀랐는지 깜짝 놀라며 머리끝이 쭈뼛하여진다.

이때 아내는 남편이 나간 후로, 저렇게 바람이 불고 저렇게 추운데 남편을 내어보내고 마음이 미안하여 잠도 아니 자고 앉았는데, 오래지 아니하여 밝으려니 하고 밝기만 기다리되 도무지 아니 밝는도다. 가만히 생각한즉 잠든 지가 얼마 아니 되었는데 뾰죽집의 종소리는 정녕히 들었는지라. 초저녁 일곱 시 반에 치는 종소리를 잠결에 듣고 새벽인 줄 알고 남편을 깨워 보내었도다. 다른 날 같으면 초저녁 이때 즈음에 사람들이 많이 지나다닐 터이지마는, 이날은 풍세가 대단하고 추위가 지독하여 길에 다니는 사람이 하나도 없다.

아내는 자기 남편을 잠도 못 자게 공연히 깨워 보내서 추운 데서 떨고 있을 생각을 하고 더욱 마음에 미안하여 도로 들어오기만 기다린다.

별안간 문을 두드리는 소리가 야단스럽게 나면서 무엇에게 쫓겨 오는 사람같이 문을 열라는 소리가 연거푸 숨차게 난다. 나가서 문을 열어 주니 김 서방이 인력거는 문 앞에 내던지고 뛰어 들어와 신발도 벗지 아니하고 방으로 들어가서 헐레벌떡거리며 숨이 차서 말도 못하거늘, 아내는 눈이 휘둥그레져서,

"아, 이게 웬일이오? 글쎄 왜 이러하오?"

"여보게, 문을 열 때에 내 뒤에 아무도 쫓아오지 아니하던

가?"

"쫓아오기는 누가 쫓아와요?"

"아이고 숨차. 정녕히 아무도 아니 쫓아오던가?"

"쫓아오는 사람 없어요."

"누가 내 뒤를 쫓아오는 듯하던데?

"아, 그래서 이렇게 야단이오? 신발이나 좀 벗으시오."

"아니여, 이것 보아. 내가 하도 졸리기에 길옆에 쌓인 눈을 집어서 얼굴을 씻으려 한즉 눈 속에서 이것이 집혀서 깜짝 놀랐어."

"그것이 무엇이오?"

"문 단단히 잠갔나? 누구 들어오리. 인제는 우리 부자가 되었네."

"글쎄, 문은 단단히 걸었소. 그것이 무엇이라는 말이오?"

"이것이 지전 뭉치여. 얼마나 되는가 좀 세어 보아야."

이상스러운 색 보자기에 똘똘 뭉쳐 싸고 또 그 속에는 신문지로 한 겹을 쌌는데, 십 원짜리·오 원짜리·일 원짜리 지전과 오십 전·이십 전 은전이라 김 서방이 지폐를 들고 세어 보려 하나 손이 떨려서 세지를 못 하고 지폐를 들고 성주대를 내리는 모양이라. 아내가 물끄러미 보고 있다가,

"이리 주시오. 내가 세리다."

하고 십원 지폐 이백 장, 오전 지폐 삼백 장, 일원 지폐 오백 장, 은전 삼십이 원 오십 전, 모두 사천삼십이 원 오십 전이오.

김 서방이 사천 원을 당오풀이로 풀어 보더니,

"이십만 냥일세그랴! 단 만 냥 하나를 손에 만져 보지 못하였는데 이십만 냥, 참 엄청나다. 여보게 마누라, 이것 가졌으면 자네 고운 옷 좀 하여 입고 나도 술 좀 먹고 그리하고도 넉넉히 살겠지?"

아내가 한참 생각하고 아무 말도 없다가 그 남편의 얼굴을 물끄러미 보더니 하는 말이,

"여보, 그 돈을 그대로 쓰시려오? 이 돈을 잃어버린 사람은 오죽 원통하여 하겠소?"

"별 제밀 붙을 소리를 다 하네. 내 복으로 내가 얻은 돈인데 그럼 아니 쓰고 무엇하여?"

아내가 감히 남편의 말에 항거하지는 못하고 한참 동안을 잠잠히 앉았더니,

"여보 지지난 밤에도 잠도 한숨 못 자고, 오늘 밤에도 잠을 못 자서 졸리어 죽겠으니, 이 돈은 내게 맡기고 편히 잡시다."

이틀 밤이나 잠을 못 자서 곤한 김 서방이 꿈결같이 지전 뭉치를 얻어서 어찌 좋은지 잠잘 생각도 없지마는, 그 돈을 아내에게 맡기고 이불을 쓰고 드러누워 눈을 감고 내일부터 돈 쓸

생각에 그 밤을 다 보내고 다 밝기에 잠이 들어 오정 때까지나 정신 모르고 잠을 자다가 이웃집 어린아이들이 장난하다가 싸우고 우는 소리에 깜짝 놀라 잠을 깨어 벌떡 일어나서 세수도 아니하고 곰방대에 담배를 담아 왜성냥에 피워 물고 근처에 사는 친구들을 경사나 있는 듯이 청하여 가지고 술집으로 들어가서 모두 술을 먹이고 저도 취하도록 먹을 때에 술집 주인이 술값이나 못 받을까 염려하여 술을 잘 아니 주려고 한즉 김 서방이 하는 말이,

"구차한 사람은 일상 구차한 줄 아는가? 이따 우리 집으로 오면 전후 술값을 셈하여 줄 터이니 걱정 말고 술이나 부으라니."

곰방대를 든 왼손으로 바른팔의 토시를 어깨까지 치키면서 고성대담으로 의기양양하여 예전 모양과 딴판이라. 눈이 게슴츠레하여 하늘인지 땅인지 분별하지 못하도록 잔득 취하게 먹은 후에 길을 휩쓸고, 갈지자걸음이더니, 이것은 강남 갈지가 걸음으로 간신히 집에 와서 방에도 미처 못 들어가고 문지방에 걸쳐 누워 정신없이 잠들었다.

아내가 간신히 끌어다가 아랫목에 뉘었더니 해가 저물어도 깨지 아니하고 밤이 깊어도 깨지 아니하고 밤이 깊어도 깨지 아니하고, 그 이튿날 늦은 아침때에야 비로소 일어나서 얼굴 씻고 밥을 먹고 가만히 생각하니 어제 일이 맹랑하다. 돈을 얻은 일

과 술을 먹은 일만 생각이 나고 그 외에는 며칠이나 잠을 잤는
지 술을 먹고 어떻게 집으로 돌아왔는지, 전연히 알 수 없도다.
아내더러 묻는 말이,

"여보게, 내가 며칠이나 잠을 잤나? 어떻게 잠을 잤는지 정신
이 하나 없네."

아내가 하는 말이,

"인력거 세 얻어 오던 날 해지기 전부터 잠자기 시작하여 어
젯날 점심때에 일어나서 술을 먹으면 개자식이라는 맹세는 어
찌하였든지 일어나는 길로 세수도 아니하고 바로 나가서 술을
얼마나 자셨기에 그렇게 취하여 들어오셨소? 지금이야 일어났
으니 잠도 무던히 잤지마는 어저께는 어찌하여 외상술을 그렇
게 많이 자셨소? 어저께 술값이 일백팔십 냥이라고 술집 주인
이 와서 집에 돈이 있으니 전후 술값을 다 셈하여 주마 하였다
고, 왜 돈을 두고 아니 주느냐고 사설하고 갔소. 무슨 돈이 집에
있다고 술값을 받으러 오라고 하였습더니까? 집에 돈을 두었는
지 어쨌는지 나는 알 수 없으니 술이 깨거든 와서 받아 가라 하
여 보내었소. 필연코 조금 있다가 또 올 것이오."

김 서방이 하는 말이,

"왜 그 돈을 어찌하였나? 그 속에서 내어주지 그랴."

아내가 새삼스러이 하는 말이,

"그 돈이 무슨 돈이오? 어느 때에 나를 돈을 주었소?"

김 서방이 의아하여 말하기를,

"길에서 얻은 지전 뭉치, 왜 자네가 그때 세어 보지 아니하였나? 그래서 사천삼십이 원 오십 전, 당오풀이로 이십만 냥을 자네에게 맡기고 자지 아니하였나 왜?"

아내가 이 말을 듣더니 어이없고 기가 막히어,

"아, 당신이 꿈을 꾸었소? 언제 어느 때에 지전 뭉치를 얻어 가지고 왔소? 나는 지전은커녕 종잇조각도 못 보았소. 잠을 그만치나 잤으니까 꿈도 많이 꾸었겠지."

김 서방이 이 말을 듣더니 하도 기가 막히어 말 한마디 못하고 잠잠히 앉았더라. 아내도 아무 말 없이 앉았더라.

한참 동안을 두 내외가 아무 말 없이 앉았더니 김 서방이 입맛을 다시면서 묻는 말이,

"그래 돈을 얻은 것은 꿈이고 친구를 데리고 술 먹은 것은 생시라는 말인가? 꿈에 돈을 얻어 가지고 생시에 외상술을 먹었으니 술값을 어떻게 하나? 응, 입맛이 쓰다."

어느 사람이든지 게으른 사람은 못 살고 부지런한 사람은 잘사느니, 벌기는 적게 하고 쓰기는 많이 하여 술 먹고 노는 사람은 평생이 간구하고 부지런히 벌이하여 적게 쓰고 많이 모아 다만 한 푼이라도 돈을 모아 두는 사람은 아무리 하더라도 굶든

아니하는지라.

　새문밖 김 서방도 일하기 싫고 술을 먹기 좋아하여 자나 깨나 생각하기를, 저절로 돈이 생기어 술이나 매일 장취 먹었으면 이 위에 더할 낙이 없을 터인데 저절로 돈이 생길 도리가 어디 있으리오. 어느 부처님이 지나가나 지전 뭉치나 길에 빠뜨려서 다른 사람이 보기 전에 내가 먼저 얼른 집어 한구석에 감추어 두고 남모르게 꺼내어 쓰면, 술 먹고 싶을 때에 술 먹고 옷 해 입고 싶을 때에 옷 하여 입고 마음대로 하였으면 좋겠다고 항상 생각하던 차에 꿈인지 생시인지 이십만 냥 돈을 얻어 좋아라고 하였더니, 술 먹은 것은 적실하고 돈을 얻은 것은 꿈이 되어 좋은 일이 허사로다.

　가만히 생각한즉 하도 맹랑하고 하도 어이없어 목침을 베고 드러누우니 일신이 찌뿌드드하다.

　이리하여서는 아니 되겠다고 그날부터 부지런히 인력거 벌이를 할새, 새벽에 나가서 저녁까지 술도 아니 먹고 용돈도 과히 아니 쓰고 한 냥을 벌든지 열 냥을 벌든지 집으로 가지고 가서 마누라에게 맡겨 두고, 밥을 조금 많이 담아도 쌀이 많이 없어진다고 말을 하며, 반찬을 조금 잘하여 놓아도 용돈을 과히 쓴다고 잔말을 하여 아무쪼록 적게 쓰고 아무쪼록 많이 모으려 하며, 벌이를 할 때에도 동리 사람에게 신실하게 보이고 동무에게 밉지 아니하게 굴어 다른 인력거꾼은 열 냥 받고 다니는 데를 김 서방은 일곱 냥이나 여덟 냥을 받고 다니며 힘을 들여 인력거를 끄니, 동리 양반들이 인력거를 탈 일이 있으면 김 서방을 부르고, 심부름을 시킬 일이 있더라도 김 서방을 찾아서 그 신실하고 튼튼한 것을 어여삐 보아 삯전도 많이 주고 행하도 후히 하여, 일 년이 지나 빚을 다 벗고 이태가 지나 인력거를 사고 삼 년이 지나 돈을 모았다.

김 서방이 이렇게 부지런히 벌이하고 열심히 돈을 모으려 하고 신실하게 일을 하려고 할 때에 그 아내도 바느질하며 남의 집일도 하여 밥도 더러 얻어다가 끼니를 때우고 반찬도 더러 얻어다가 남편을 공대할새 그럭저럭 삼사 년이 지내었더라.

섣달그믐께는 새해를 맞으려는 사람마다 분주하여 빚을 받으러 다니는 사람도 있고, 빚에 쫓겨 피신하는 사람도 있고, 세찬 봉물에 오락가락 세상이 번화한데, 어떠한 집에는 흰떡을 하고, 인절미를 하고, 차례를 차리느라고 야단법석하며 어떠한 집에는 아이들 설빔 하나 못 해 주고 돈이 없어 쩔쩔매는 집도 있도다.

김 서방도 이삼 년 전에는 섣달그믐을 당하면 술값이니 쌀값이니 일수·월수 돈에 몰려 쫓겨 다니느라고 과세도 변변히 잘 못하더니, 금년부터는 형세가 늘어서 집안이 넉넉하여 빚 한 푼

갚을 것 없고, 쌀 한 되 취한 데가 없다. 김 서방이 동리 양반에게 세찬 행하를 많이 얻어 가지고 집으로 들어가니, 아내는 과세를 하려고 흰떡을 하며 만두를 하며 혼자 몸이 분주한지라, 방으로 들어가서 심심히 앉았다가 장롱을 열고 보니 어느 틈에 벌써 두 내외가 입을 설빔 의복을 다 하여 놓았더라. 김 서방의 입이 떡 벌어져서 혼자 빙긋 웃고 마음에 좋아라고 잠깐 앉았다가 다시 일어서서 바깥으로 나와서 아내가 하는 일을 거들어 주며 이야기하는 말이,

"여보게 마누라, 이번 설에는 내 마음이 참 좋아. 재작년 설만 하여도 우리가 남의 빚에 쫓기어 고생을 좀 많이 하였나? 술집 늙은이가 술값을 받으러 왔을 때에 돈은 없고 할 수 없어 내가 이불을 개어 놓은 뒤에 가서 자네 행주치마를 쓰고 숨었더니, 술집 늙은이가 자네더러 옥신각신 말하다가 나 숨은 데를 의심하였던지 늙은이가 하는 말이……. '애고 이상하여라. 저 이불 뒤에 행주치마가 왜 꿈지럭꿈지럭하여……?' 하는 소리에 떠들어 볼까 하여 가슴이 두근두근하였네. 그때 만일 그 늙은이가 떠들어 보았으면 내 모양이 어찌될 뻔하였어? 지금 생각하여도 우습고 기막히지, 하하하!"

일을 다 한 후에 저녁밥을 차려 가지고 방으로 들어가서 재미있게 먹은 후에 아내가 하는 말이,

"우리가 삼 년 전보다는 형세가 늘어서 굶지 아니하고 넉넉하게 살며 명절을 재미있게 잘 세는 것은 당신이 술을 끊고 부지런히 벌이한 까닭인데, 그동안에 백사를 절용하여, 쓸 것을 아니 쓰고 돈을 모아 지금은 어지간히 많이 모았소. 얼마나 되는지 시원하게 세워 보시려오?"

김 서방도 본래 자세히 알지 못하여 궁금하던 터이라 속마음으로 인력거나 두어 채 사서 다른 사람에게 세로 줄 만한 돈이나 모였는가 생각하고 기꺼이 대답한다.

"그것 참 좋은 말일세. 아마 돈 천이나 모였겠지. 당오 만 냥만 되어도 걱정 없겠는데."

아내가 벌떡 일어서서 장롱 안에서 무슨 뭉치를 두 손으로 무겁게 들고 꺼내어다가 김 서방 앞에 놓으며 하는 말이,

"이것을 세어 보니까 모두 사천삼백 원이니 당오풀이로 이십일만 오천 냥입니다."

김 서방이 깜짝 놀라며,

"웬 돈이 이렇게 많이 모였나?"

아내는 온순한 태도로 조용히 말하되,

"오늘은 내 죄를 용서하여 주시오. 내가 남편에게 죄를 많이 지었소. 당초에 당신이 인력거를 끌고 나가서 지전 뭉치를 얻어 가지고 들어오셔서 그 이튿날 벌이할 생각은 아니하고 그 전날

밤에 약조한 말과 맹세한 말은 모두 잊어버리고 술 자시기를 시작하시기에, 하릴없이 당신을 속이고 당신이 술에 취한 것을 이용하여 꿈으로 돌려보내고 그 지전 뭉치를 경찰서로 가지고 가서 모든 사정말을 하고 임자를 찾아 주라 하였더니, 경찰서에서 광고를 붙이고 지전 잃은 사람을 사면으로 찾으나 돈 임자가 나서지 아니하는 고로 수일 전에 나를 부르기에 내가 경찰서에 갔더니, 경찰서장이 그 지전 뭉치를 내어주며 이 돈은 삼 년이 지나도 임자가 나서지 아니한즉 네게로 내어주노니, 그것 가지고 잘 살아라 하옵기 대단히 놀랍고 고마워서 가지고 나왔으나, 그동안 삼 년이나 당신을 속인 일이 여편네 된 도리에 대단히 죄송하오니 용서하시오. 경찰서에서 내어주신 돈이 사천삼십이 원 오십 전이요, 그 나머지는 그동안 우리가 모은 돈이오."

김 서방은 아내 말을 듣고 앉았더니 별안간 하는 말이,

"아니여, 이것이 또 꿈이로군. 내가 또 지금 꿈을 꾸는 것이야."

아내는 김 서방이 하는 말이 한편으로 딱하기도 하고, 한편으로는 또 김 서방이 돈이 많은 것을 보고 도로 예전 마음이 생기어 술이나 먹고 게을러질까 염려하여 엄연한 태도로 말을 한다.

"아니오, 꿈도 아니고 정말인데, 인제는 이것을 가졌으면 전답을 사고 추수하여 존절히 쓰고 먹으면 구차하지 아니하게 살

터이니 우리가 더욱 마음을 굳게 먹고 규모를 부려 가며 잘 사십시다."

김 서방은 한참 동안이나 말이 없더니 눈에 눈물이 핑 돌면서 하는 말이,

"내가 오늘 이러한 기쁘고 좋은 말을 하게 된 것은 모두 자네 덕일세. 마누라가 그때에 그렇게 아니하였더라면 나는 그 돈을 다 썼을 터이오. 구차한 놈이 별안간 돈을 잘 쓰는 것을 경찰서에서 가만히 있을 리가 있는가? 징역은 갈데없이 하였을 것이오. 또 오늘 이렇게 돈이 남을 수가 있었겠는가? 자, 나는 부자가 되었다고 마음 놓을 수는 없으니, 돈은 다 자네가 가지고 논도 사고 땅도 사게. 나는 인력거 벌이는 내어버리지 못하겠네……."

김 서방은 인력거를 끌고 병문으로 나아간다.

공진회를 개최한다는 소문이 있더니, 서울서 공진회 협찬회가 조직이 되었는데, 공진회는 총독 정치를 시행한 지 다섯 해된 기념으로 하는 것이라 하는 말을 김 서방 내외가 들었던지, 경찰서에서 돈을 내어준 것을 항상 고마워하고 총독 정치의 공명함을 평생 감사하게 여기던 터이라. 공진회 협찬회에 대하여 이백 원을 무명씨로 기부한 사람이 있는데, 이 무명씨가 아마 김 서방인 듯하다더라.

시골 노인 이야기

벼루에 먹을 갈고 한 손에 붓대를 잡고 또 한 손에는 궐련초에 불을 붙여 달여 입에다 대었다 떼었다 하는 동안에 입으로 궐련초 연기만 후후 내불고 앉았는데 별 생각이 아니 난다. 붓방아만 찧고 있다가 궐련초는 재떨이에 내던지고 붓은 책상 위에 내던지고 벌떡 일어나서 두루마기를 입고 모자를 쓰고 문밖으로 썩 나서며 혼자 입속말로 중얼중얼하는 말이,

"내가 붓을 들고 책을 지을 때에 하루에 열 장, 스무 장은 놀면서 만드는데, 오늘은 어찌하여 아무 생각도 아니 나고 종일 앉아 부방아만 찧고 소설 한 장도 못 만들었으니 이렇게 아무 재료가 도무지 없을까……."

남산을 바라보니 성긴 나무 울울충충 무슨 의사가 있는 듯하나 별로 신기한 생각이 아니 나고, 길거리를 내어다보니 사람들이 오락가락 제각기 일이 있는 모양이나 깊은 사정을 알 수 없다. 아서라, 저기 시골서 노인 한 분이 이번에 공진회를 구경하러 올라왔다 하니 그 양반이나 찾아보고 이야기나 들어 보겠다.

그 노인이 거처하는 방은 매우 정결하고 소쇄(瀟灑)이나, 한 옆에는 화로에 불을 피우고 약탕관에 약을 달이며, 한 옆에는 책상이 있고, 책상 위에는 그 노인에게 당치 아니한 신학문 서

책이 쌓여 있고, 재떨이는 으레건이어니와 요강·타구도 그 앞에 놓여 있더라. 한 번 절하고 일어앉아 행용하는 인사를 마친후에 역사적 이야기를 청하였더니, 그 노인은 안경 너머로 눈을 들어 넘겨다보며 한 손으로 담뱃대에 상초 한 대를 꽉 눌러 담아 피워 물고 하는 말이,

"내가 칠십 세를 살았으니 철모르고 자라난 이십 년 동안을 뺄지라도 오십 년 동안 일은 지내어보았네. 그동안에 별별 이상한 일도 보았고 고생도 하여 보았고 세상 변천하는 것도 여러 번 지내어보았네. 그런 고로 자네 같은 소년들은 나를 오십 년 역사 책으로 알고 성가시게 구네그랴……. 하하하……. 그런데 무슨 할 이야기가 어디 있나? 그러나 이것은 참 재미있는 이야기인데 자네한테나 이야기하는 것이니, 행여나 소설책이나 그러한 데에 내지 말게, 부디. 이것은 몇 해 아니 된 일일세."

한 시골 사람이 어린 조카자식을 서울로 올려 보내며 당부하는 말이라.

"용필아, 잘 가거라. 서울은 시골과 달라서 대단히 번화하여 길에 잘못 다니다가는 말에게 밟히기도 쉬우니 조심하여라. 사동 김 갑산 영감은 나와 죽마고우로 어려서부터 사이 좋게 지내었다가 근래 칠팔 년을 서로 소식 없이 지내었는데, 그 집을 찾아가서 내 편지를 전하고 보이면 그 사람이 필연 반가워할 것이

요, 또 너를 위하여 출세할 길도 열어 줄 것이니, 그런 데를 가서 있더라도 똑똑하게 하여라."

이렇게 당부하고 말하는 사람은 용필의 삼촌이니 만호 선생이라면 그 동리 근처에서 모르는 사람이 없는 사람이요, 그 동리는 강원도 철원 고을 북편으로 십 리쯤 되는 땅이라. 무슨 까닭으로 자기 조카를 서울로 보내느냐 할지면, 좋은 일에 보내는 것이 아니요, 사세부득이한 일이 있어서 집에 있을 수 없는 형편이 있는 고로 서울로 보내는 터이라. 당초에 용필의 조부는 상당한 재산이 있어서 요부하게 살 뿐 아니라, 그 근처에서 세력이 남에 지지 아니하고 행세도 점잖게 하는 고로 사람마다 존경하더라. 아들은 둘이나 있으되 손자를 못 보아 대단히 바라더니 맏아들에게서 용필을 낳은지라. 아이도 대단히 탐스럽고 똑똑하게 생겼거니와 늦게 본 손자라 더욱 귀애하여 금지옥엽같이 사랑할새, 이때 그 친구로 항상 서로 추축(追逐)하는 박 감역이 있으니 역시 가세가 넉넉하고 세력도 있고 문벌도 비등한데 늦게 손녀딸을 보아 대단히 사랑하여 이름은 명희라 부르고, 아침이든지 저녁이든지 명희를 품에 안고 용필의 조부 되는 김 도사 집에 가서 담배도 먹고 이야기도 하고 놀다 오는 터이라.

용필은 돌을 지내어 아장아장 걸어오고 걸어가매 김 도사가 귀애하여 재미를 보느라고 사랑 마당 양지쪽에 앉아서 용필이

걸음 걷는 양을 보려고 손에 들었던 담뱃대를 멀지 않게 집어 내던지고,

"오, 내 손자야, 저기 가서 저어 담뱃대 가져온. 옳지 옳지, 아이고 기특하다."

김 도사가 이리할 즈음에 박 감역이 명희를 품에 안고 나와서 역시 내려놓고 손을 붙들고 귀염을 본다. 두 어린아이가 빵긋빵긋 웃으며 혹 걷기도 하고 혹 기기도 하여 둥실둥실 노는 모양이 남이 보아도 귀엽고 대견하여 어여삐 여길 터인데, 김 도사와 박 감역이야 오죽 귀여워하리오. 두 늙은이가 어떻게 마음에 귀엽던지 그 자리에서 언약을 맺고 혼인을 예정하여, 용필이 열일곱 살이 되거든 성례하기로 작정을 한지라. 남녀가 일곱 살만 되면 한자리에 앉지 않는 것이 우리 조선의 예법이로되, 용필과 명희는 예혼을 언약한 터인 고로 십여 세가 되도록 한방에 함께 앉기도 하며, 어른들이 실없이 구느라고 한자리에 앉히고,

"명희가 네 아내다."

"용필이 네 남편이다."

하며 재미를 보고 웃고 지내더니, 세상만사가 뜻대로 되기 어려움은 옛적이나 지금이나 일반이라. 박 감역이 세상을 이별한 후 일 년이 못 되어서 김 도사가 역시 별세하니, 김 도사의 집에는 환란이 그치지 아니하여 해마다 초상이 아니 나는 해가 없어,

김 도사의 맏아들이 죽고 둘째아들 만초 선생 내외도 중병으로 죽을 뻔하다가 겨우 살아나니, 어언간 가산이 탕패하여 용필은 부모 없는 고아가 되고 가난한 살림살이로 궁하게 지내는 삼촌에게 의탁하여, 숙모가 뒤를 거두어 길러 내니, 수삼 년 전에는 철원 고을에서 일반이 부러워하던 김 도사 집이 지금은 아주 보잘것없이 되어 사람마다 세사의 부귀영욕(富貴榮辱)이 일장춘몽과 같다 하는 말을 믿게 하는도다.

어제까지는 사람마다 떠받들고 집집마다 귀여워하던 용필이 지금은 간 데 족족 천덕꾸러기가 되어 헐벗고 주리고 모양이 아주 말이 못 되는데, 숙부 되는 만초 선생은 평생에 좋아하는 것이 글뿐이요, 돈 같은 것은 변리도 따질 줄 모르고, 집안 살림은 당초에 상관치 아니하여 그 아내가 어찌어찌하여 지내어 가는 터이라. 그러한 고로 용필은 더욱 말이 못 되게 지내어 어떠한 때는 끼니도 굶고 의복도 남루하여 불상한 경우에 이르렀는데, 세상 사람이 하나도 돌보아 주는 사람이 없으되 오직 남모르게 속으로만 불쌍히 여기고 마음으로만 애달프게 여기는 사람 하나가 있으니, 이는 다른 사람이 아니라 박 감역의 손녀 명희라.

박 감역이 죽은 후로 박 감역의 아들 명희의 아버지 박 참봉은 원래 인색하고 돈만 아는 사람이라, 빈궁한 사람은 사람으로 여기지 아니하고 부자나 세력 있는 사람을 보면 그 앞에서 감히 얼굴을 들지 못하고 아첨하는데, 당초에 김 도사가 살아 있을 때에는 김 도사 집이 요부하고 세력이 있어 자기 집보다 나은 고로 자기 딸 명희와 용필과 예혼 언약한 것을 좋아하였으나, 지금은 김 도사 집이 망하고 용필이 말 못 되게 있음을 보니 혼인할 마음이 없는데, 명희의 얼굴이 절묘하고 침선 범절과 언어·행동이 세상 사람 같지 아니하고 하늘에서 내려온 선녀인 듯하여 원근 간에 칭찬이 자자하고 소문이 널리 나서, 아들 있고 혼처 구하는 사람은 청혼하지 아니하는 자 없는 고로 박 참봉은 더욱 용필과 성혼하기를 싫어하여 만초 선생에게 돈을 얼마 주고라도 파약하였으면 좋겠다고 생각하나, 만초 선생은 원래 전재를 탐내는 사람이 아닌 고로 말도 하여 보지 못하고 어떻게 하여 세력으로 내리눌러서 파혼할 마음이라.

명희는 나이가 아직 어리되 지각이 어른보다 출중한 고로 자기 부친의 눈치를 알아채었도다. 출중한 사람은 출중한 마음이 있나니, 명희의 마음은 용필을 장래 자기의 배필로 알고 천하 없는 일이 있을지라도 이것은 변치 못하겠다 하여, 이따금 담 너머로 용필이 지나가는 것을 보면 말은 못 하되 속으로만 간이 사라지는 듯이 불쌍하고 사랑스러운 마음이 저절로 나서 옷이라도 하여 주고 밥이라도 먹였으면 좋겠다고 생각하는 터이라.

하루는 명희가 모친과 함께 일갓집 혼인 잔치에 갔다가 저물게 돌아오는데, 만초 선생 집 앞으로 지나갈새 어떤 아이가 담 모퉁이에 서서 눈물을 흘리고 무슨 생각을 하며 대단히 슬퍼하는 모양인데, 자세히 보니 용필이라. 명희는 오장이 녹는 듯하고 눈물이 저절로 흐른 것을 모친 모르게 씻고 집으로 돌아와 그날 밤에 잠을 못 자고 규중에서 방황하다가 달은 희미한데 후원으로 들어가서 높은 곳에 올라서서 용필이 섰던 곳을 바라보니 마침 용필이 어디를 가는지 집 앞으로 지나가는지라. 큰 소리로 부를 수 없는 고로 담 너머로 지나갈 즈음에 명희가 담을 넘겨다보고 가는 목소리로 용필을 부른다.

"용필아, 용필!"

용필이 돌아다보고 조용히 단둘이 만나, 하나는 담 너머 서고 하나는 담 안에 있어 나직나직한 말소리로 이야기를 하려 하는데, 저편에서 기침 한 번을 에헴 하고 이리로 향하여 오는 사람이 있는지라. 깜짝 놀라 명희는 제 방으로 들어가고 용필은 갈 데로 갔으나, 기침하고 오던 사람은 명희의 부친 박 참봉인데, 자기 딸이 용필과 무슨 이야기를 하는 것을 보고 마음에 대단히 괘씸하고 분이 나서 용필을 죽여 없이 하였으면 좋겠다 하는 생각까지 나는도다.

이때 철원 읍에 사는 유 승지는 자세가 심히 요부하여 강원도 안의 제일가는 부자요, 돈이 많으면 세력이 있는 것은 세상

의 상태라. 서울 재상가에도 반연이 있어 벼슬을 승지까지 얻어
하고 철원 고을 안에서는 호랑이 노릇을 하는 터인데 아들의 혼
처를 구하되 적당한 데가 없어 경향으로 구혼하더니, 박 참봉
의 규수가 심히 절묘하고 범절이 갸륵하다는 소문을 듣고 일부
러 사람을 보내어 탐지하여 본 후에, 바싹 욕심이 나서 중매를
놓아 청혼한즉 박 참봉의 생각도 매우 좋이 여기지마는, 용필이
있는 까닭에 허락지 못하고 그 사연 이야기를 한 후에 중매쟁이
를 구해다가 박 참봉이 입을 대고 수군수군하는 말이,

"그 아이를 어떻게 없이 하였으면, 내 마음에도 유 승지의 아
들과 혼인하는 것이 매우 좋겠소."

중매쟁이가 박 참봉이 하던 말을 유 승지에게 전한즉 유 승지
가 하는 말이,

"그까짓 것, 내 수단으로 그것이야 못 없앨라구?"

유 승지가 그 고을 육방 관속을 자기 집 하인 부리기보다 더
쉽게 부리는 터인데, 즉시 이방과 호방을 불러 분부하니 이방과
호장이 감히 거역치 못하여,

"그리하오리다."

하고 물러가더라.

이방이 유 승지의 소청을 듣고 나와서 생각하기를,

'내가 호장과 부동하여 용필이라 하는 아이를 무슨 죄에든지

얽어 몰아 죽이기 어렵지 아니하나, 무죄한 사람을 애매히 죽이는 것이 옳지 못할 뿐 아니라, 우리 선친이 용필의 조부 김 도사 그 양반에게 은덕을 입은 일이 있은즉 내가 이 아이를 살려 내는 것이 옳다.'

하고 즉시 만초 선생의 집을 찾아가서 용필을 살려 낼 일을 의논한다.

"유 승지 영감의 분부가 이러하니 감히 거역할 수는 없고 그리할 수도 없어서 하는 말씀이오. 어떻게 하시려 합니까?"

"큰일 났네그랴! 그러나 박 참봉이 그리할 수가 있나. 이 연유로 관찰부에 고발하면 어떠하겠나?"

"그러면 나는 이방도 못 다니게요? 그뿐 아니라 유 승지는 돈이 많고 사람이 간사하고 세력이 있으니까 아무리 하여도 댁에서 질 터인즉 고발하여도 쓸데없지요. 내 생각 같으면 도련님을 서울이나 어디로 멀리 보내는 것이 좋을 듯하오이다."

"자네 말이 옳은 말일세. 그러면 그리하세. 서울 가서 상노 노릇을 하더라도 여기서 고생하는 것보다는 나을 것이요, 친구도 서울에 더러 있으니 세의로 하더라도 뒤를 보아 줄 터이지."

"세의 말씀은 마시오. 지금 세상 인심이 세의를 압니까? 박 참봉은 댁과 세의가 없어서 그렇게 마음을 먹습니까? 어찌되었든지 멀리 보내시오."

이방이 간 후에 만초 선생이 용필을 불러 앉히고 전후 이야기를 자세히 말하여 들리고 서울로 가라 하니, 용필도 하릴없이 지내던 고향 산천을 떠나서 산도 설고 물도 선 서울로 가게 되었도다.

　용필이 숙부 만초 선생을 하직하고 서울로 찾아가서 동대문에 들어서니, 만호장안에 인가가 즐비하고 거마가 도로에 연락부절하여 사동 김 갑산 집이 어디인지 알 수 없어 길거리에서 방황하다가, 사동으로 가는 장작 실은 말몰이꾼을 만나서 사동까지는 함께 왔으나, 김 갑산 집을 물은즉 하나도 아는 사람이 없어 사동 천지를 집집마다 상고하여 김 갑산 집을 찾되 알 수 없는지라. 갈 바를 알지 못하여 낙심 천만하고 길에 서서 어찌할꼬 하고 정신없이 걸음을 걸어 안동 네거리에 이르러, 이상한 복색에 칼을 차고 말을 탄 사람이 말을 달려오는데, 또 한편에서는 사륜남여에 검은 복색을 입은 구종들이 늘어서서 비키라고 소리를 지르는 서슬에, 용필은 그것을 보고 길을 비키려 하다가 달려오는 말에게 다닥뜨려 넘어져 말이 용필의 가슴을 밟고 지나가니 그 말을 탄 사람이 말에서 뛰어내려 넘어진 용필을 붙들어 일으키니 단단히 다쳐서 까물쳤는지라, 급히 교군을 얻어 태워 가지고 자기 집으로 데리고 가서 의원을 불러 치료하니 그럭저럭 여러 날이 되었더라.

말에게 상한 용필이 다친 데도 대강 나아서 일어앉고 걸어 다닐 만하니, 주인은 집을 알아 보내 주려고 거주·성명을 묻는데 용필이 대답하기를,

　"내 고향은 강원도 철원인데 서울로 올라와서 김 갑산 집을 찾으려 하다가 말께 다쳤나이다."

하거늘 쥔이 이 말을 듣고 즉시 하인을 불러,

　"작은댁 영감 오시라고 여쭈어라!"

하더니 조금 있다가 얼굴이 거무스름하고 눈에는 흰자위가 많은 한 사람이 들어오는데, 주인이 용필을 대하여 말하기를,

　"네가 이 양반을 찾느냐? 이 양반이 지금은 진주 병사라는 벼슬을 하였는 고로 김 병사라 하지마는, 이왕에 갑산원을 다녀와서 김 갑산이라 하였더니라."

　용필이 김 갑산을 찾기는 하지마는 삼촌의 편지를 전하려 함이요, 제가 김 갑산과 안면이 있는 것이 아니라 자기 삼촌의 이름과 올라온 사정 이야기를 대강 하고, 우리 삼촌과 죽마고우로 친분이 자별한 김 갑산 영감을 찾노라 하니 그 사람이 깜짝 놀라며 하는 말이,

　"아, 그러면 네가 만초의 조카냐? 김 도사의 손자로구나! 오, 만초를 만난 지가 벌써 칠팔 년이나 되었지."

　이때 철원읍에서는 유 승지가 박 감역의 손녀 명희와 자기 아

들의 혼인을 맺으려고 김 도사의 손자 용필을 무슨 죄에 얽어서 남모르게 죽여 없이 하려 하였더니, 용필이 집을 떠나 부지거처 소식이 없다. 한 달이 지나도 소식이 없고 일 년이 지나도 돌아오지 아니하매 박 참봉을 졸라서 성혼하자 하니, 박 참봉도 용필이 없음을 다행히 여기어 유 승지의 아들과 혼인하려 하나, 혼인에는 무엇이 제일이라던가. 제일 긴요한 새악시가 병이 들어 작년 봄부터 이불을 덮고 드러누운 사람이 여름이 지나고 가을이 지나고 겨울이 지내어 다시 봄철이 돌아오도록 방문 밖에 나와 보지 못하여 병 낫기만 기다리고 그럭저럭 지내더니 세월이 차차 소요하여 난리가 난다, 피난을 간다, 서학군을 죽이느니, 동학이 일어나느니 하고 예제없이 소동하여, 밤이면 좀도적, 낮이면 불한당, 어디 어느 곳이 안정한 땅이 없더라. 동학 난리가 나고 의병 난리가 일어나서 각 지방이 소동하는 그동안에 유 승지는 강원도의 부자라 하는 소문으로 동학에게 잡혀가서 여간 재산을 다 빼앗기고 생명만 겨우 보존하여 집으로 돌아온즉, 실인심한 사람은 난리 세상에 더욱 살기 어렵도다.

　동학이 가장 창궐한 곳은 삼남 지방이라. 경군이 내려가서 겨우 진멸하매 강원도 일경으로는 의병이 또한 창궐하여 서울서 병정을 파송하여 의병을 토멸하려 할새, 연대장은 원주에 앉아서 작전 계획을 만들어 내고 각 대대장과 중대장·소대장이 각

고을에 출주하여 연대장의 명령을 받아 의병 진정하기를 힘쓰니, 철원 고을에 출주한 군대는 대대장이 김 참령이요, 소대장이 참위 김용필이라.

당초에 김용필이 김 참령의 백 씨 김 부령의 말에게 다쳐서 김 부령 집에서 여러 날을 치료하고, 김 참령을 만나서 만초 선생의 편지를 전하고 김 참령의 집에서 유련하니, 김 부령은 위인이 대단히 인자하고 용필을 사랑하나, 바라고 찾던 김 참령은 도리어 성품이 표독하고 마음이 음흉하여 별양 반갑게 여기지 아니하는 모양이라. 눈칫밥을 얻어먹으며 천대를 받고 지내되 그 큰집을 가면 김 부령이 항상 말 한마디라도 친절하게 하고 불쌍히 여기는 모양인즉 자연히 김 부령을 따르더라.

용필의 위인이 똑똑하고 문필이 유려하고 매사에 영리하여 시골 아이의 태도가 도무지 없는 고로 김 부령이 매양 사랑하더니, 자기 아우 김 참령이 강원도 의병 진멸차로 대대장으로 출주하게 되니, 그 아우 수하에 사람다운 보좌원이 없음을 한탄하여 김용필을 병정에 넣어서 김 참령의 수하병이 되게 하여 함께 강원도로 출진할새, 의병과 수삼 차 접전하여 김용필이 접전할 때마다 비상한 대공을 이루니 이 일이 자연 연대장에게 입문되어 연대장이 김용필의 공로를 대단히 가상히 여기어 서울로 보고하였더니, 특별히 참위 벼슬에 임명하여 소대장이 되게 하매,

항상 김 참령의 하관이 되어 병정 거느리기를 제제창창하게 하고 의병 진정하기를 귀신같이 하여 명예가 더욱 나타나더라.

한 번은 의병 간련한 사람들이라고 잡아왔는데 그중에 박 참봉이 있거늘 자세히 조사한즉, 당초에 유 승지와 박 참봉이 부자의 득명으로 의병에게 잡히어 가서 돈과 재물을 빼앗겨 가며 붙들려 다니다가 의병이 패하여 달아나는 서슬에 유 승지는 총을 맞아 죽고 박 참봉은 자기 집으로 돌아와 있더니, 동리 사람 중에 그 인색하고 더러움을 평생 미워하던 사람이 있어 김 참령에게 말을 하여 잡히어 왔는지라. 김용필이 대대장 앞에 가서,

"여쭐 말씀이 있삽나이다. 저 의병 간련으로 잡히어 온 박 아무는 자세히 사실하온즉 의병에게 붙잡혀 다니기는 하였으나 죄는 실상 없사오니 무죄 방송하옴이 어떠하오리까?"

"그래도 의병에게 전재를 대어 주고 함께 따라다닌 놈을 백방할 수가 있나?"

말을 하면서 용필에게 눈짓하여 잠깐 오라 하더니 사람 없는 조용한 곳으로 가서 입을 귀에다 대고 수군수군 말을 한다.

"내가 들으니 박가의 딸이 지금 열아홉 살인데 대단히 절묘한 미인이라데. 아직 시집도 아니 갔대여. 자네 알다시피 내가 아들이 없어서 첩을 하나 두려 하던 차인즉 박가를 살려 주고 그 대신에 내가 첩장가를 들겠네. 그리하여서 내가 일부러 병정을

보내어 탐문하여 가지고 잡아 온 것이니 내놓지 말게."

"에엣? 아이고, 가슴이야!"

용필이 대대장의 말을 듣고 깜짝 놀라 가슴이 꼭 막히고 목이 메어 말을 못하더니, 한참 만에 억지로 정신을 가다듬어 전후 일을 자초지종 모두 설파할새, 자기 조부와 박 참봉의 부친 박 감역이 예혼을 언약할 일로부터 칠팔 세를 지내어 십여 세가 되도록 같이 자라나던 이야기와, 자기 조부가 죽은 후에 집안이 결딴난 일과 박 참봉이 예혼을 파약하려 하는 심술과 명희가 저를 생각하고 서로 아끼던 정의와, 한 번 담 너머로 넘겨다보고 이야기를 하다가 박 참봉한테 들키던 일과, 유 승지와 박 참봉이 동모하여 저를 죽이려 하던 일과, 제가 부득이하여 서울로 올라간 일을 낱낱이 이야기하고 나중에 하는 말이,

"하관은 영감의 아들이나 진배없는 터인즉 하관과 이러한 관계가 있는 것을 아시면 그 아이는 며느리같이 생각하시옵소서."

김 참령의 시커먼 얼굴이 무안을 보아 붉어지며 마치 아메리카 토인의 홍색 인종 같은지라, 검은 얼굴이 새까매지며 코를 실룩실룩하고 증을 내어 하는 말이,

"어린 연놈들이 상사라니, 으응!"

그러한 후 이삼 일이 지난 후에 김용필이 거느린 소대 병정 하나가 촌에 나가서 술을 먹고 행패한 일이 있는데, 다른 때 같

으면 그 병정을 포살을 하든지 벌을 주든지 할 터이요, 또 김용필이 그리하였더라도 이다음에는 그리하지 말라는 한마디 훈계로 용서할 터인데, 김용필이 시킨 것이라고 억지로 죄목을 잡아 이러한 사람은 부하로 둘 수 없다는 연유로 즉시 보고서를 써서 연대소로 보내어 김용필은 가고 다른 소대장을 보내어 달라 하니, 연대장은 그 보고서를 보고 드디어 참위 김용필을 서울 본대로 상환시키고 다른 소대장을 파송하였다.

하루는 김 참령이 병정 수십 명을 거느리고 박 참봉의 집으로 나가서 조사할 일이 있다 하고 집안을 구석구석이 가택 수색을 할 새, 안방에서 박 참봉의 딸이 나오는 것을 본즉 참 일색이라. 김 참령이 정신을 잃고 물끄러미 보고 섰다가 조사할 것을 다 마친 후에 박 참봉을 불러 앉히며 하는 말이,

"박 참봉 죽고 사는 것은 오늘 내 손에 달렸지."

"살려 주십시오."

"내 나이가 사십여 세가 되도록 아들이 없어서 자손을 보기 위하여 다시 한 번 장가들려 하는데 마땅한 데가 없더니, 들은즉 박 참봉의 따님이 과년하고 또 유 승지의 집과 혼인하려다가 못하게 되었다 하니, 내 말을 들으면 박 참봉이 목숨도 살고 우리 집과 척분을 맺어 좋은 일이 많을 터이니 어떠한가?"

"……."

"내 말을 아니 들으면 지금 당장 포살이여. 자 어서 좌우간 대답을 하여."

박 참봉의 생각은 그렇게라도 하여 주고 목숨이나 살아났으면 하고 허락을 하려 하나, 딸의 마음을 짐작하는 고로 딸의 말을 들어 보아야 하겠는지라, 그 연유로 말을 한즉, 김 참령은 제 욕심만 채워서 하는 말이,

"물어볼 것 무엇 있나? 박 참봉의 허락이면 고만이지. 물어볼 터이면 이리로 나오래서 물어볼 일이지."

이때에 박 참봉의 부인과 명희는 어찌되는 일인고 염려하여 뒷문 밖에서 엿듣던 차이라. 명희가 김 참령이 자기 부친을 위협하는 거동을 보고 분함을 이기지 못하나 부친 목숨에 해가 될까 염려하여 온순한 언사로 문밖에서 하는 말이,

"아버지께 여짜옵나이다. 대대장 영감께서 나라의 왕명을 몸 받아 지방 인민을 안돈시키려고 이 고을에 내려오사, 무죄한 사람은 죽이실 리는 없고 유죄한 사람이라도 회개하면 용서하실 터인데, 일개 소녀로 인연하여 그 말씀을 듣지 아니하면 무죄한 아버님의 목숨을 취하겠다 하시오나, 소녀는 이왕 정혼한 곳이 있어 말하자면 남편 있는 계집이오니, 왕명을 몸 받아 오신 그 영감께서 이렇게 하시는 것은 국가의 불충이요, 소녀로 하여금 정절을 깨뜨리게 함이온즉 옳지 못한 일인가 하나이다. 그에 말

씀은 결단코 봉행할 수 없사오니 돌려 생각하십사고 말씀하시옵소서."

김 참령이 처음에는 허락하는 말인가 하고 아리따운 목소리에 그 향기로운 살결이 자기 등어리에 대어 있는 듯하여 등이 간질간질하더니, 나중에 결단코 봉행할 수 없다 하는 말에 화중이 와락 나서, 내친걸음이라 병정을 불러 호령하되,

"이놈 내다 포살하여라!"

하니 병정 십여 명이 우르르 들어와서 박 참봉을 끌어내어 결박을 하는지라, 명희가 이 광경을 보고 정신이 산란하여 어찌할 줄 모르다가 방문을 펄쩍 열고 들어가서 김 참령 앞에 두 손으로 땅을 짚고 머리를 푹 숙이고 하는 말이,

"소녀가 지금 영감의 말씀을 듣자 하오면 두 번 시집가는 음녀가 될 것이요, 아니 듣자 하면 부친의 목숨을 구완치 못하는 불효가 될 터이오니, 효와 열을 쌍전할 수 없는 지경이면 차라리 효도나 지킬 수밖에 없사오니 소녀의 부친을 살리시옵소서. 소녀가 영감의 말씀을 봉행하오리다."

"아, 기특하다. 진작 그리할 일이지. 어라, 그만두어라. 박 참봉을 풀어놓아라."

병정이 박 참봉의 결박하였던 것을 풀어놓고 나간다. 명희가 일편단심을 내어보일까 하다가 다시 돌이켜 생각하고 말을 온

순하게 한다.

"소녀가 허락하는 자리에 따로 또 청할 말씀이 있사오니다."

"응, 무엇? 무엇이든지 소청은 다 들어주지. 채단 말인가?"

"아니올시다. 그런 말씀이 아니오라, 혼인은 인간대사요, 또 영감께서는 부인이 계신 터이니, 소녀가 댁에 들어가면 이렇듯이 어엿하게 행세할 수 있겠삽나이까? 지금 여기서 병정들이라도 이러한 형편을 눈으로 보았은즉 서울 가서 소문이라도 흉하게 나오면 영감 전정에 관계가 적지 아니할 터이오니, 원주에 출주하여 계신 연대장 영감과 소녀의 부친과 영감이 한자리에 합석하여 앉으시고 정중하게 혼인을 정하는 것이 옳을까 하나이다. 그렇지 아니하면 영감께서 위협으로 혼인하였다고 소문이 괴악하오리다."

"아, 그것 참 명철한 말이로고. 연대장은 나와 대단히 친한 터이요, 또 이 달 보름께는 이리로 오실 터이니까 원주로 갈 것 없이 그때 연대장이 오거든 그렇게 하지, 며칠 안 되니까."

원주에 있는 연대장이 각 대대를 시찰할 차로 돌아다니다가 철원읍에 이르니, 김 참령은 연대장 오기를 잔뜩 기다리던 터이라. 배반(杯盤)을 성설하여 간곡히 대접한 후에 첩장가 드는 말을 한다.

"하관이 간절히 청할 말씀이 있습니다."

"응, 무슨 말이오?"

"다른 말씀이 아니라 하관이 지금까지 혈속이 없어 항상 걱정하던 터에 상당한 처녀가 있으면 처첩을 하여 자손을 볼까 하였더니, 마침 이 고을에 사는 박 참봉이라 하는 사람의 딸이 있는데 하관도 마음이 간절하고 박 참봉도 허락이 된 터이오니 상관께서 한 번 수고하시와 중매되시면 혼인이 영광스럽겠사오이다."

"그것이야 어려울 것 무엇 있나, 그리하지. 그러면 박 참봉을 지금 이리로 부르시오."

박 참봉의 집에서는 연대장이 철원 고을에 들어와서 대대장과 만나서 이야기한다는 말을 듣고 명희의 혼인 수작이 되려니 짐작하였으며, 명희도 역시 말은 아니하나 속마음에 작정한 일이 있는 모양이라.

하루는 연대장과 대대장이 합석하여 앉고 박 참봉을 청좌한다는 말을 듣고 명희가 부친 박 참봉에게 말하여, 자기 집에서 주안을 차리고 연대장을 오라 하여 혼사를 말하게 하였더라.

연대장과 대대장도 또한 좋은 일이라 하고 박 참봉 집으로 나와서 술잔씩이나 먹은 후에 혼인 이야기가 시작되며, 사랑방 뒷문이 열리며 향내가 방 안에 가득하고 옹용한 태도로 윗방자리에 나와 섰는 사람은 명희라.

"연대장 영감께 여짜올 말씀이 있삽나이다. 소녀는 일개 미혼전 처녀로 감히 존전에 말씀하옵기 황송하오나, 소녀는 조부 생존시부터 김 도사 손자 되는 지금 본대 소대장으로 있다가 서울로 갈려 간 김용필과 혼인을 정하여 성례만 아니하였다 뿐이지 성혼한 지 이미 오래오니, 소녀는 남편이 있는 계집이온즉 다시 다른 곳에 시집갈 수 없사온데, 대대장은 속에 짐승 같은 음흉한 마음을 품고 위협으로 소녀를 탈취하려 하여 부친을 의병에 간련이 있다고 얽어 몰아 가두고 김 참위가 소녀의 예혼한 남편인 줄 안 후에 김 참위를 무고하여 서울로 쫓고 병정을 거느리고 소녀의 집에 와서 부친을 위협하고 소녀를 탈취하려 하옵기, 소녀가 부친의 생명을 염려하와 거짓 허락하고 연대장 영감의 중매를 청하온 것은, 저 금수 같은 김 참령의 행위를 연대장 영감께 말씀한 후 죽기로 자처함이오니 살피시기를 바라나이다."

고운 목소리는 녹음 중에서 나는 꾀꼬리 소리 같고, 엄숙한 태도는 심산 중에 앉은 호랑이의 위엄 같도다. 김 참령은 얼굴이 붉다 못 하여 숯검정 같고, 박 참봉은 죽어 가는 사람같이 벌벌 떨고 있으며, 연대장은 귀를 기울이고 자세히 듣는다. 연대장이 이 말을 듣더니 김 참령을 돌아보며 하는 말이,

"나라의 명을 받아 백성을 안돈시키러 내려온 사람이 마음을 이렇게 음흉하게 먹고 행위를 이렇게 부정하게 하면 저 처녀로

하여금 정절을 깨뜨리게 하는 동시에 영감은 나라에 대하여 역적됨을 면치 못하겠소."

경사로 이루려 하던 혼인 담판은 살풍경으로 깨어지고, 김 참령은 도망하여 서울로 가고, 연대장은 원주로 돌아가서 보고서를 써서 서울로 보고하니, 김 참령은 파면을 당하여 육군 법원에 갇히고, 김용필은 대대장으로 승차되어 철원에 출주하고 세상이 평정한 후에 명희와 김용필은 성례하여 지금 호락한 가정을 이루었는데,

세상이 잠깐이라, 벌써 아들을 형제나 낳았지…….

"이리 오너라! 너 아낙에 들어가서 영감 내외분더러 아기네들 데리고 이리 나오라 하여라."

하인이 안으로 들어가더니 조금 있다가 기우헌앙한 장부 사나이가 요조숙녀 부인을 데리고 아들 형제를 앞세우고 나온다.

그 노인이 나더러 인사를 붙인다.

"자네 인사하게, 이 사람은 김용필인데 내 조카요, 저기 저는 내 조카며느리, 아명이 명희인데 박 참봉의 딸이요, 이 아이들은 그 아들들……."

이야기하던 노인은 만초 선생인 줄을 그제야 깨달았도다.

이 책을 본 사람에게 주는 글

예전 성인이 말씀하시되 사람은 일곱 가지 정이 있으니 희(喜)·노(怒)·애(哀)·낙(樂)·애(愛)·오(惡)·욕(慾)이라 하였도다. 기꺼워하며, 노여워하며, 슬퍼하며, 즐거워하며, 사랑하며, 미워하며, 욕심내는 것이라. 그러나 나는 여기 한 가지를 더하여 여덟 가지 정이라 하노니, 겁(怯)내는 것이 즉 이것이라. 사람이 반가운 일을 보면 기꺼워하고, 분한 일을 보면 노여워하고, 궂은일에 슬퍼하며, 좋은 일에 즐거워하며, 어여쁜 것을 사랑하고, 미운 것을 미워하고, 고운 것을 욕심내며, 두려운 것을 겁내는 것이 인정은 일반이라. 넓고 넓은 천지에서 우리가 한세상 한나라에 살며 전으로 몇 천 년, 후로 몇 만 년 오랜 세월 중에서 우리가 한세상, 한 세대에 태어났으니 인연이 지중하도다.

그 사이에 무슨 슬퍼하며 노여워하며 겁낼 까닭이 있으리오. 또 사람이 천하를 움직이는 영웅이요, 고금에 있는 이름 있는 호걸이라도 넓고 넓은 천지간에 한낱 작은 인생이요, 사람이 백 년이나 천 년을 산다 하여도 오래고 오랜 세월 중에 꿈결같이 잠깐 있는 인생이라. 그동안에 무슨 기꺼워하며 즐거워하며 사랑하며 욕심낼 것이 있으리오. 그러나 사람은 국량이 좁고 지식이 적은 고로 하늘의 넓은 뜻을 몸 받지 못하고 세상의 요행을 깨닫지 못하여, 희·노·애·낙·애·오·욕·겁, 여덟 가지 정으로 꼼짝거리는도다.

예전 성인이 희·노·애·낙을 얼굴빛에 드러내지 아니한다 하였으나, 이것은 생각건대 형용에 나타내지 아니할 뿐이요, 속마음에는 반드시 기꺼워하며 노여워하며 슬퍼하며 즐거워하는 정이 있음은, 성인도 사람은 사람이라 능히 면치 못할지니, 공자님 같은 성인도 그 도가 행치 아니함을 한탄하여 슬퍼하였으며, 소정묘를 미워하다가 국법으로 죽인 뒤에 이를 기꺼워하였으니, 어느 사람이 인정이 없는 자 어디 있는가. 볼지어다. 세상은 울고 웃는 사리에 지나가고 사람은 옳으니 그르니 하는 동안에 늙지 아니하는가!

한편에는 눈물을 뿌리고 대성통곡하는 사람이 있는 동시에, 한편에는 즐거워서 웃고 지껄이는 사람이 있으며, 한때는 사랑하느니 귀여워하느니 하여 죽을지 살지 모르다가 별안간 미워하고 노여워하여 죽일 놈이니 살릴 놈이니 하는 사람도 있고, 한편에는 지진·전쟁·질병 등의 두렵고 무서운 일이 있어 사람마다 겁내건마는, 그중에서도 일만 가지 욕심이 불같아서 분주불가한 사람도 있지 아니한가! 그러한즉 사람은 기꺼움과 즐거움과 사랑과 욕심으로 인연하여 슬퍼하며 노여워하며 미워하며 겁내는 중간에서 꼼짝거리는 동물이라. 그러한 고로 사회 이면에는 이상야릇한 별별 사정이 많이 생기어 나는도다.

이 책을 기록한 이 사람도 국량이 넓지 못하고 지식이 많지 못하여, 희·노·애·낙·애·오·욕·겁의 여덟 가지 정을 가진 사람이리. 이 여덟 가지 정을 가진 사람의 눈으로 이 여덟 가지 정에서 꿈작거리는 세상 사람 사이에 생기어 나는 모든 사정을 관찰하여 이 책 속에 기록하여, 이 여덟 가지 정을 가진 모든 사람으로 하여금 보게 한 것인즉, 이 책에 기록한 모든 사실은 기꺼워하며 노여워하며 슬퍼하며 즐거워하며 사랑하며 미워하며 욕심하며 겁냄으로 생기어 일어난 사정이라.

그러나 마음의 옳고 그름으로 인연하여 나중 결과가 다르니, 마음을 옳게 먹은 사람은 슬프고 겁나는 중에 있을지라도 나중에는 즐겁고 기꺼운 결과를 보고, 마음을 옳지 않게 가진 사람은 마음을 고치지 아니하면 항상 슬프고 겁나는 걱정·근심 중에서 몸을 망치는지라. 이 책 읽은 여러 군자는 책 속에 기록한 여러 가지 사정을 가지고 각기 자기의 마음을 비추어 볼지어다.

꿈하늘

신채호

서

　〈꿈하늘〉이라는 이 글을 짓고 나니 꼭 독자에게 할 말씀이 세 가지가 있습니다. 첫째는 한 놈은 원래 꿈 놈이므로, 금일에는 더욱 꿈이 많아 긴 밤에 긴 잠이 들면 꿈도 그와 같이 깊어 잠과 꿈이 서로 뒤섞입니다. 그뿐 아니라 멀건 대낮에 앉아 두 눈을 멀뚱멀뚱히 뜨고도 꿈같은 지경이 많아 님나라에 들어가 단군께 절도 하고 번개로 칼을 삼아 평생 미워하는 놈의 목도 끊어 보고, 비행기도 아니 타고 몸이 훨훨 날아 만리 장천에 돌아다니며 노랑이, 거먹이, 흰둥이, 붉은둥이를 한집에 모아 놓고 노래도 하여 보니 한 놈은 벌써부터 꿈나라의 백성이니, 독자 여러분이시여, 이 글을 꿈꾸고 지은 줄 아시지 말으시고 곧 꿈에 지은 글로 아시옵소서.

둘째는 글을 짓는 사람들이 흔히 계획이 있어 먼저 머리는 어떻게 내리리라, 가운데 어떻게 버리리라, 꼬리는 어떻게 마무르리라는 대의를 잡은 뒤에 붓을 댄다지만 한 놈의 이 글은 아무 계획이 없이 오직 붓끝 가는 대로 맡기어, 붓끝이 하늘로 올라가면 하늘로 따라 올라가고, 땅속으로 들어가면 땅속으로 따라 들어가고, 앉으면 따라 앉으며, 서면 따라 서서, 마디마디 나오는 대로 지은 글이니 독자 여러분이시여, 이 글을 볼 때 앞뒤가 맞지 않는다, 위아래의 문체가 다르다, 그런 말은 말으소서.

셋째는 자유 못하는 몸이니 붓이나 자유하자고 마음대로 놀아 이 글 속에서는 미인보다 향내 좋은 꽃과도 이야기하며, 평시에 사모하던 옛 성현과 영웅들도 만나 보며, 오른팔이 왼팔도 되어 보며, 한 놈이 여덟 놈도 되어, 너무 사실에 가깝지 않은 시적이고 신화적인 이야기도 있지만, 그 가운데 들어 말한 역사상의 일은 낱낱이 《고기(古記)》나 《삼국사기(三國史記)》, 《삼국유사(三國遺事)》, 《고려사(高麗史)》, 《광사(廣史)》나 《역사(繹史)》 같은 속에서 참조하여 쓴 말이니 독자 여러분이시여, 섞지 말고 갈라 보소서. 독자에게 할 말씀은 끝났습니다만, 이제 저자 자신이 할 말이 두 가지가 있습니다. 첫째는 책을 짓는 사람들이 모두 그 책을 많이 사 보면 하는 마음이 있지만 한 놈은 이 마음이 없습니다. 다만 바라는 바 이 우리 안 어느 곳에든지 한 놈같이 어리석어 두 팔로 태백산을 안으며, 한입으로 동해물을 말리고, 기나긴 반만 년 시간 안의 높은 뫼, 낮은 골, 피는 꽃, 지는 잎을 세면서 넋 없이 앉아 눈물 흘리는 또 한 놈이 있어 이 글을 보면 할 뿐입니다. 둘째는 책을 짓는 사람들이 흔히 그 책으로 무슨 영향이 있으면 하지만, 한 놈은 그러하지 않습니다. 다만 바라는 바 이 글을 보는 이가 우리나라도 미국 같아져라, 독일 같아져라 하는 생각이나 없으면 할 뿐입니다.

단군 4249년 3월 18일(1916년)

한 놈 씀

1

때는 단군기원 4240년(1907년) 몇 해 어느 달 어느 날이던가, 땅은 서울이던가 시골이던가 해외 어디던가 도무지 기억할 수 없는데, 이 몸은 어디로부터 왔는지 듣지도 보지도 못하던 크나큰 무궁화나무의 몇 만 길이나 되는 가지 위, 넓기가 큰 방만 한 꽃송이에 앉았더라.

별안간 하늘 한복판이 딱 갈라지며 그 속에서 불그레한 광선이 뻗쳐 나오더니 하늘에 테를 지어 두르고 그 위에 뭉글뭉글한 고운 구름으로 갓을 쓰고 그 광선보다 더 고운 빛으로 두루마기를 지어 입은 한 천관이 앉아 오른손으로 번개 칼을 휘두르며 우레 같은 소리로 말하여 가로되,

"인간에게는 싸움뿐이니라. 싸움에 이기면 살고 지면 죽나니 신의 명령이 이러하다."

그 소리가 그치자 광선도 천관도 다 간 곳이 없고 햇살이 탁 퍼지며 온 바닥이 번뜻하더니 이제는 사람의 소리가 시작된다.

동쪽으로 닷동다리 갖춘 빛에 둥근 테를 두른 오원기가 뜨며 그 깃발 밑에 사람이 덮여 오는데 머리에 쓴 것과 몸에 치장한 것이 모두 이상하나 말소리를 들으니 분명한 우리나라 사람이요, 다만 신체의 건장함과 위풍의 늠름함이 전에 보지 못한 이들이라.

또 서쪽으로 왼쪽에 용, 오른쪽에 봉을 그린 그 밑에 수백만 군사가 몰려오는데 뿔 돋친 놈, 꼬리 돋친 놈, 목 없는 놈, 팔 없는 놈, 처음 보는 괴상한 물건들이 달려들고 그 뒤에는 찬바람이 탁탁 치더라.

이때에 한 놈이 두려운 마음이 없지 않으나 뜨는 호기심이 버럭 나 곧 무궁화 가지 아래로 내려가 구경코자 했더니 꽃송이가 빙글빙글 웃으며,

"너는 여기 앉았거라. 이곳을 떠나면 천지가 캄캄하여 아무 것도 안 보이리라."

하거늘 들던 궁둥이를 다시 붙이고 앉으니 난데없는 구름장이 어디서 떠들어와 햇빛을 가리며 소나기가 놀란 듯 퍼부어 평지가 바다가 되었는데, 한편으로 우르르 꽝꽝 소리가 나며, 모질다는 글자만으로는 형용하기 어려운 큰 바람이 일어 나무를 치면 나무가 꺾이고 돌을 치면 돌이 날고, 집이나 산이나 닥치는 대로 부수는 그 기세로 바다를 건드리니, 바람도 크지만 바다도 큰물이라, 서로 지지 않으려고 바람이 물을 치면 물도 바람을 쳐 바람과 물이 공중에서 접전할 때 미리가 우는 듯, 고래가 뛰는 듯, 천병만마가 달리는 듯, 바람이 클수록 물결이 높아 온 지구가 들먹들먹하더라.

"바람이 불거나 물결이 치거나 우리는 우리대로 싸워 보자."

하는 소리가 들리더니 아까 보던 동쪽의 오원기와 서쪽의 용봉기 밑에 모여 있는 장졸들이 눈들을 부릅뜨고 서로 죽이려 달려드니, 바다에는 바람과 물의 싸움이요, 물 위에는 두 편 장졸들의 싸움이더라.

그러나 이 싸움은 동양 역사나 서양 역사에서 보던 싸움이 아니니라. 싸우는 사람들이 손에는 아무 연장도 가지지 않고 오직 입을 딱딱 벌리면 목구멍에서 불도 나오며 물도 나오며 칼도 나오며 화살도 나와, 칼이 칼과 싸우며, 활이 활과 싸우며 불과 불이 서로 치다가 나중에는 사람을 맞히니, 그 맞은 사람은 목이 떨어지면 팔로 싸우며, 팔이 떨어지면 또 다리로 싸우다가 끝끝내 살이 다 떨어지고 뼈가 하나도 없이 부서져야 그만두는 싸움이라. 몇 시 몇 분이 못 되어 주검이 천 리나 덮이고 비린내로 땅에 코를 돌릴 수 없으며, 피가 하도 뿌려서 하늘까지 빨갛게 물들었도다. 한 놈이 이를 보고 우주가 이같이 참혹한 마당인가 하여 차마 보지 못해 눈을 감으니 꽃송이가 다시 빙글빙글 웃으면서,

"한 놈아 눈을 떠라! 네가 이다지 약하냐? 이것이 우주의 본래 모습이니라. 네가 안 왔으면 하릴없지만 이미 온 바에는 싸움에 참가하여야 하나니, 그렇지 않으면 도리어 너의 책임만 방기하느니라. 한 놈아 눈을 빨리 떠라."

하거늘 한 놈이 하릴없이 두 손으로 눈물을 닦고 눈을 들어 살피니 그 사이에 벌써 싸움이 끝났는지 천지가 괴괴하며 비바람도 또한 멀리 간지라. 해는 발끈 들어온 바닥이 따뜻한데 깊은 구름을 헤치고 신선의 풍류 소리가 내려오니 이제부터 참혹한 소리는 물러가고 평화의 소리가 대신함인가 보더라. 이 소리 밑에 나오는 사람들은 곧 별사람들이 아니라 아까 오원기를 받들고 동쪽 편에 섰던 장졸들이니, 아마 서쪽 편을 깨쳐 수백만 적

병을 씨 없이 죽이고 승전고를 울리며 돌아옴이라.

한 대장이 앞머리에서 인도하는데 금화절풍건(金花折風巾)을 쓰고 어깨에는 어린장(魚鱗章)이며 몸에는 조의를 입었더라. 그 얼굴이 맑은 듯 위엄 있고 매운 듯 인자하여 얼른 보면 부처 같고 일변으로는 범 같아, 보기에 사랑스럽기도 하고 무섭기도 하더라.

그가 한 놈이 앉은 무궁화나무로 오더니 문득 꽃을 보고 눈물을 흘리며,

"허허 무궁화가 피었구나."

하더니 장렬한 음조로 노래를 한 곡 한다.

이 꽃이 무슨 꽃이냐.

희어스름한 머리의 얼이요

불그스름한 고운 아침의 빛이로다.

이 꽃을 복돋우려면

비도 맞고 바람도 맞고 피 물만 뿌려 주면

그 꽃이 잘 자라리.

옛날 우리 전성할 때에

이 꽃을 구경하니 꽃송이 크기도 하더라.

한 잎은 황해 발해를 건너 대륙을 덮고

또 한 잎은 만주를 지나 우수리에 늘어졌더니
어이해 오늘날은
이 꽃이 이다지 야위었느냐
이 몸도 일찍 당시의 살수 평양 모든 싸움에
팔뚝으로 빗장 삼고 가슴이 방채되어
꽃밭에 울타리 노릇을 해
서방의 더러운 물이
조선의 봄빛에 물들지 못하도록
젖 먹은 힘까지 들였도다.
이 꽃이 어이해
오늘은 이 꼴이 되었느냐.

한 곡 노래를 다 마치지 못한 모양이나 목이 메어 더하지 못하고 눈물에 젖으니, 무궁화 송이도 그 노래에 무슨 느낌이 있었던지 같이 눈물을 흘리며 맑은 노래로 화답을 하는데,

봄비슴의 고운 치마 님이 내게 주시도다.
님의 은덕 갚으려 하여
내 얼굴을 쓰다듬고 비바람과 싸우면서
조선의 아름다움 쉬임 없이 자랑하려고

나도 이리 파리하다.

영웅의 시원한 눈물

열사의 매운 핏물

사발로 바가지로 동이로 가져오너라.

내 너무 목마르다.

그 소리 더욱 아프고 저리어 완악한 돌이나 나무들도 모두 일어나 슬픔으로 서로 화답하는 듯하더라. 꽃송이 위에 앉았던 한 놈은 두 노래 끝에 크게 느끼어 땅에 엎드러져 울며 일어나지 못하니 꽃송이가 또 가만히,

"한 놈아."

하고 부르며 꾸짖되,

"울음을 썩 그쳐라. 세상일은 슬퍼한다고 잊혀지는 것이 아니니라."

하거늘 한 놈이 고개를 들어 좌우를 살피니 아까 노래하던 대장이 곧 앞에 섰더라. 그 얼굴을 자세히 뜯어보니 마치 언제 뵌온 어른 같다. 한참 서슴다가,

"아, 이제야 생각나는구나. 눈매듭과 이맛살과 채수염이며, 또 장식한 것을 두루 본즉, 일찍 평안도 안주 남문 밖 비석에 새겨져 있는 조각상과 같으니, 내가 꿈에라도 한 번 보면 하던 을

지문덕이신저."

하고 곧 일어나 절하며 무슨 말을 물으려 하나 무엇이라고 호칭할는지 몰라 다시 서슴으니 이상하다. 을지문덕 그이는 단군 2000년경(기원전 333년)의 어른이요, 한 놈은 단군 4241년 (1908년)에 난 아기라. 그 어간이 이천 년이나 되는데 이천 년 전의 어른으로 이천 년 뒤의 아기를 만나 자애스런 품이 마치 친구나 집안 같다. 그이가 곧 한 놈을 향하여 웃으시며,

"그대가 나의 호칭을 서슴느냐, 곧 선배라 부름이 가하니라. 대개 단군이 태백산에 내리어 삼신오제(三神五帝)를 위하여 삼경오부(三京五部)를 베풀고 이를 만세 자손으로 하여금 지키게 하려 하실새, 삼부오계(三部五戒)로 윤리를 세우시며 삼랑오가 (三郎五加)로 교육을 맡게 하시니 이것이 우리나라 종교적 무사혼(武士魂)이 발생한 처음이니라. 이 혼이 삼국 시대에 와서는 드디어 꽃이 피듯 불붙는 듯하여 사람마다 무사를 높이어 절하고 서로 아름다운 이름을 지어 자랑할새, 신라는 소년 무사를 사랑하여 '도령'이라 이름하니,《삼국사기》에 적힌 '선랑'이 그 뜻의 번역이요, 또 백제는 장년 무사를 사랑하여 '수두'라 이름하니《삼국사기》에 적힌 바 '소도'가 그 음의 번역이요, 고구려는 군자스러운 무사를 사랑하여 '선배'라 이름하니,《삼국사기》에 적힌 바 '선인'이 그 음과 뜻을 아울러 한 번역이라. 이제 나

는 고구려의 사람이니 그대가 나를 선배라 부르면 가하리라."

한 놈이 이에 다시 고구려의 절로, 한 무릎을 세우고 한 무릎은 꿇어 공손히 절한 뒤에,

"선배님이시여, 아까 동쪽 서쪽에 갈라서서 싸우던 두 진이 다 어느 나라의 진입니까?"

물은데, 선배님이 대답하되,

"동쪽은 우리 고구려의 진이요, 서쪽은 수나라의 진이니라."

한 놈이 놀라며 의심스러운 빛으로 앞에 나아가 가로되,

"한 놈은 듣자오니 사람이 죽으면 착한 이의 넋은 천당으로 가며, 모진 이의 넋은 지옥으로 간다더니 이제 그 말이 다 거짓 말입니까? 그러면 영계도 육계와 같아 항상 칼로 찌르며 총으로 쏘아 서로 죽이는 참상이 있습니까?"

선배님이 허허 탄식하며 하시는 말이,

"그러하니라, 영계는 육계의 그림자이니 육계의 싸움이 그치지 않는 날에는 영계의 싸움도 그치지 않느니라. 저 종교가의 시조인 석가나 예수가 천당이니 지옥이니 한 말은 별도로 뜻을 붙인 곳이 있거늘 어리석은 사람들이 그 말을 집어먹고 소화가 못 되어 망국멸족의 모든 병을 앓는도다. 그대는 부디 내 말을 새겨들을지어다. 소가 개를 낳지 못하고, 복숭아나무에 오얏열 매가 맺지 못하나니 육계의 싸움이 어찌 영계의 평화를 낳으리

오? 그러므로 육계의 아이는 영계에 가서도 아이요, 육계의 어른은 영계에 가서도 어른이요, 육계의 상전은 영계에 가서도 상전이요, 육계의 종은 영계에 가서도 종이니, 영계에서 높다, 낮다, 슬프다, 즐겁다 하는 도깨비들이 모두 육계에서 받은 꼴로 한가지라. 나로 말하더라도 일찍 살수 싸움의 승리자가 되므로 오늘 영계에서도 항상 승리자의 자리를 차지하고, 저 수나라의 왕 양광은 그때 패전자가 되었으므로 오늘도 이와 같이 패하여 군사를 이백만이나 죽이고 슬피 돌아감이어늘, 이제 망한 나라의 종자로서 혹 부처에게 빌며 상제께 기도하며 죽은 뒤에 천당을 구하려 하니 어찌 눈을 감고 해를 보려 함과 다르리오."

을지 선배의 이 말이 그치자마자, 하늘에 붉은 구름이 일어나 스스로 글씨가 되어 씌었으되,

'옳다 옳다 을지문덕의 말이 참 옳다. 육계나 영계나 모두 승리자의 판이니 천당이란 것은 오직 주먹 큰 자가 차지하는 집이요, 주먹이 약하면 지옥으로 쫓기어 가느니라.'

하였더라.

2

1. 왼 몸이 오른 몸과 싸우다.
2. 살수 싸움의 정형이 이러하다.
3. 을지문덕도 암살당을 조직하였더라.
4. 사법명이 구름을 타고 지나가다.

한 놈이 일찍 내 나라의 역사에 눈이 뜨자 을지문덕을 숭배하
는 마음이 간절하나 그에 대한 전기를 짓고 싶은 마음이 바빠
미처 모든 글월을 참고하지 못하고 다만 《동사강목(東史綱目)》
에 적힌 바에 의거하여, 필경 전기도 아니요, 논문도 아닌 '사천
년 제일대 위인 을지문덕'이라 한 조그마한 책자를 지어 세상에
발표한 일이 있었더라.

한 놈은 대개 처음 이 누리에 내려올 때에 정과 한의 뭉텅이
를 가지고 온 놈이라, 나면 갈 곳이 없으며, 들면 잘 곳이 없고,
울면 믿을 만한 이가 없으며, 굴면 사랑할 만한 이가 없어 한 놈
으로 와 한 놈으로 가는 놈이라.

사람이 고되면 근본을 생각한다더니 한 놈도 그러함인지 하
도 의지할 곳이 없으며 생각나는 것은 조상의 일뿐이더라.

동명성왕의 귀가 얼마나 길던가, 진흥대왕의 눈이 얼마나 크

던가, 낙화암에 떨어지던 미인이 몇이던가, 수나라 양제를 쏘던 장사가 누구던가, 동명성왕의 임류각의 높이가 백 길이 못 되던가, 진평왕의 성제대가 열 발이 더 되던가.

동모(東牟)의 높은 산에 대조영이 내조한 자취를 조상하며, 웅진의 가는 물에 계백 장군의 매움을 눈물하고, 소나무를 보면 솔거의 그림을 본 듯하며, 새소리를 들으면 옥보고의 노래를 듣는 듯하여 몇이 못 되는 골이 기나긴 오천 년 시간 속으로 오락가락하여 꿈에라도 우리 조상의 큰 사람을 만나고자 그러던 마음으로 이제 크나큰 을지문덕을 만난 판이니 묻고 싶은 말이며 하고 싶은 말이 어찌하나 둘뿐이리오마는, 이상하다.

그의 영계에 대한 이야기를 들으매 골이 펄떡펄떡하고 가슴이 어근버근하여 아무 말도 물을 경황이 없고, 의심과 무서움이 오월 하늘에 구름 모이듯 하더니 드디어 심신에 이상한 작용이 인다.

오른손이 저릿저릿하더니 차차 켜져 어디까지 뻗쳤는지 그 끝을 볼 수 없고, 손가락 다섯이 모두 손 하나씩이 되어 길길이 길어지며, 그 손끝에 다시 손가락이 나며 그 손가락 끝에 다시 손이 되며, 아들이 손자를 낳고, 손자가 증손을 낳으니 한 손이 몇 만 손이 되고, 왼손도 여봐란 듯이 오른손대로 되어 또 몇 만 손이 되더니, 오른손에 달린 손들이 낱낱이 푸른 기를 들고 왼

손에 딸린 손들은 낱낱이 검은 기를 들고 두 편을 갈라 싸움을 시작하는데, 푸른 기 밑에 모인 손들이 일제히 범이 되어 아가리를 딱딱 벌리며 달려드니, 검은 기 밑에 모인 손들은 노루가 되어 달아나더라. 달아나다가 큰물이 앞에 꽉 막히어 하릴없는 지경이 되니 노루가 일제히 고기가 되어 물속으로 들어간다. 범들이 뱀이 되어 쫓으니 고기들은 꺽꺽 푸드득 꿩이 되어 물밖으로 향하여 날더라.

뱀들이 다시 매가 되어 쫓은즉, 꿩들이 넓은 들에 가 내려앉아 큰 매가 되니 뱀들이 아예 불덩이가 되어 매에 대고 탁 튀어, 매는 조각조각 부서지고 온 바닥이 불빛이더라.

부서진 매 조각이 하늘로 날아가며 구름이 되어 비를 퍽퍽 주니 불은 꺼지고 바람이 일어 구름을 헤치려고 천지를 뒤집는다. 이 싸움이 한 놈의 손끝에서 난 싸움이지만 한 놈의 손끝으로 말릴 도리는 아주 없다. 구경이나 하자고 눈을 비비더니 앉은 밑의 무궁화 송이가 혀를 차며 하는 말이,

"애달프다! 무슨 일이냐, 쇠가 쇠를 먹고 살이 살을 먹는단 말이냐?"

한 놈이 그 말씀에 소름이 몸에 쫙 끼치며 입이 벙벙하니 앉았다가,

"무슨 말씀이십니까? 언제는 싸우라 하시더니 이제는 싸우

지 말라 하십니까?"

하며 돌려 물으니, 꽃송이가 어여쁜 소리로 대답하되,

"싸우려거든 내가 남하고 싸워야 싸움이지, 내가 나하고 싸우면 이는 자살이요, 싸움이 아니니라."

한 놈이 바싹 달려들어 묻되,

"내란 말은 무엇을 가리키는 말입니까? 눈을 크게 뜨면 우주가 모두 내 몸이요, 작게 뜨면 오른팔이 왼팔더러 남이라고 말하지 않습니까?"

꽃송이가 날카롭게 깨우쳐 가로되,

"내란 범위는 시대를 따라 줄고 느나니, 가족주의의 시대에는 가족이 '내'요, 국가주의의 시대에는 국가가 '내'라. 만일 시대를 앞서 가다가는 발이 찢어지고 시대를 뒤져 오다가는 머리가 부러지나니, 네가 오늘 무슨 시대인지 아느냐? 그리스는 지방색으로 강국의 자격을 잃고, 인도는 부락 사상으로 망국의 화를 얻으리라."

한 놈이 이 말에 크게 느끼어 감사한 눈물을 뿌리고 인해 왼손으로 오른손을 만지니 다시 전날의 오른손이요, 오른손으로 왼손을 만지니 또한 전날의 왼손이더라.

곁에서 을지문덕이 햇빛을 안고 앉아서 《신지비사(神誌秘詞)》의,

우리나라는 저울과 같다.

부소(扶蘇) 서울은 저울 몸이요,

백아(百牙) 서울은 저울 머리요,

오덕(五德) 서울은 저울추로다.

모든 대적을 하루에 깨쳐,

세 곳에 나누어 서울로 하니,

기울임 없이 나라 되리니,

셋에 하나도 잃지 말아라.

를 외우더니, 한 놈을 돌아보며 가로되,

  "그대가 이 글을 아는가?"

  한 놈이

  "정인지가 지은《고려사》속에서 보았나이다."

하니 을지문덕이 가로되,

  "그러하니라. 옛적에 단군이 모든 적국을 깨치고 그 땅을 나
누어 세 군데 서울을 세울 때, 첫 서울은 태백산 동남 조선 땅에
두니 이른바 '부소'요, 다음 서울은 태백산 서편 만주 땅에 두니
이른바 '백아강'이요, 셋째 서울은 태백산 동북 만주 밑 연해주
땅에 두니 가로되 '오덕'이라. 이 세 서울 중에 하나라도 잃으면
후세 자손이 쇠약해지리라고 하사, 그 예언을 적어 신지에게 주

신 바이어늘, 오늘에 그 서울들이 어디인 줄 아는 이가 없을뿐더러 이 글까지 잊었도다. 정인지가 《고려사》에 이를 쓰기는 하였으나, 술사의 말로 돌렸으니 그 잘못함이 하나요, 고려의 지리지를 좇아 단군의 삼경도 모두 대동강 이내로 말하였으니 그 잘못함이 둘이라."

한 놈이

"이 세 서울을 잃은 원인은 어디에 있습니까?"

하고 물으니, 을지문덕이 가로되,

"아까 권력이 천당으로 가는 사다리란 말을 잊지 않았느냐? 우리 조선 사람들은 이 뜻을 아는 이가 적은 고로, 중국 이십일대사(二十一代史) 가운데 대마다 〈조선열전〉이 있으며, 이 '인후' 두 자가 우리를 쇠하게 한 원인이라. 동족에 대한 인후는 흥하는 원인도 되거니와, 적국에 대한 인후는 망하게 하는 원인이 될 뿐이니라……."

3

……(원문 탈락) 한참 재미있게 을지문덕이 이야기하고 한 놈은 듣는 판에 벌건 동쪽 하늘이 딱 갈라지며 그곳에서 불칼, 불

활, 불돌, 불통, 불대로, 불화로, 불솥, 불사자, 불개, 불고양이 떼들이 쏟아져 나오니, 을지문덕이 깜짝 놀라며,

"저것이 웬일이냐?"

하더니 무지개를 타고 재빨리 그 속으로 향하여 가더라.

4

가는 선배님을 붙들지도 못하며 내 몸으로 쫓아가려고 해도 쫓지 못하여 먹먹하게 앉은 한 놈이,

"나는 어디로 가리오?"

하니 주인으로 있는 꽃송이가 고운 목소리로,

"네가 모르느냐? 님과 도깨비의 싸움이 일어 을지 선배님이 가시는 길이다."

한 놈이 깜짝 기뻐하며,

"나도 가게 하시옵소서."

하니 꽃송이가,

"암 그럼 가야지, 우리나라 사람이 다 가는 싸움이다."

한 놈이,

"그대로 가면 어떻게 가리까?"

물으니 꽃송이가,

"날개를 주마."

하므로 한 놈이 겨드랑이 밑을 만져 보니 문득 날개 둘이 달렸더라.

꽃송이가 또,

"친구와 함께 가거라."

하거늘 울어도 홀로 울고, 웃어도 홀로 웃어 사십 평생에 친구하나 없이 자라난 한 놈이 이 말을 들으매 스스로 눈에 눈물이 핑 돈다.

"친구가 어디 있습니까?"

하니,

"네 하늘을 향하여 한 놈을 부르라."

하거늘, 한 놈이 힘을 다하여 머리를 들고 한 놈을 부르니 하늘에서

"간다."

하고 대답하고, 한 놈 같은 한 놈이 내려오더라. 또,

"네가 땅을 향하여 한 놈을 부르라."

하거늘, 한 놈이 또 힘을 다하여 머리를 숙이고 한 놈을 부르니 땅속에서,

"간다."

하고 대답하고 한 놈 같은 한 놈이 솟아나더라. 꽃송이가 시키는 대로 동편에 불러 한 놈을 얻고, 남편, 북편에서도 다 각기 한 놈을 얻은지라, 세어 본즉 원래 있던 한 놈과 불려 나온 여섯 놈이니 합이 일곱 한 놈이더라.

낯도 같고 꼴도 같고 목적도 같지만, 이름이 같으면 서로 분간할 수 없을까 하여 차례로 이름을 지어 한 놈, 둣놈, 셋놈, 넷놈, 닷째 놈, 엿째 놈, 잇놈이라 하였다.

"싸움터가 어디냐?"

하고 외치니,

"이리 오너라."

하고 동편에서 소리가 나거늘,

"앞으로 갓!"

하는 한마디에 그곳으로 향하니 꽃송이가 '칼부름'이란 노래로 그들을 전송한다.

내가 나니 저도 나고
저가 나니 나의 대적이다.
내가 살면 대적이 죽고,
대적이 살면 내가 죽나니
그러기에 내 올 때에 칼 들고 왔다.

대적아 대적아

네 칼이 세던가 내 칼이 센가 싸워를 보자.

앓다 죽은 넋은 땅속으로 들어가고

싸우다 죽은 넋은 하늘로 올라간다.

하늘이 멀다 마라

이 길로 가면 한 뼘뿐이다.

하늘이 가깝다 마라

땅 길로 가면 만만 리가 된다.

아가 아가 한 놈 둣놈 우리 아가

우리 대적이 저기 있다.

해 늦었다 눕지 말며

밤 늦었다 자지 말라.

이 칼이 성공하기 전에는

우리 너희 쉴 짬이 없다.

그 소리가 비장 강개하여 울 만도 하고, 뛸 만도 하더라.

한 놈은 일곱 사람의 대표로 '내 친구'란 노래로 대답하였는
데, 윗머리는 다 잊어 이 책에 쓸 수 없고 오직 첫마디의

'내가 나자 칼이 나고, 칼이 나니 내 친구다.'

라는 단 한 구절만 생각난다.

답가를 다 마치고 일곱 사람이 서로 손목을 잡고, 동편을 바라보고 가니, 날도 좋고 곳곳에서 꽃향기, 새소리로 우리를 위로하더라.

몇 걸음 못 나아가 하늘이 캄캄하고 찬비가 쏟아진다. 일곱 사람이 한결같이,

"찬비가 오거나 더운 비가 오거나 우리는 간다."

하고 앞길만 찾더니 또 바람이 모질게 불어 흙과 모래가 섞이어 나니 눈을 뜰 수 없다.

"눈을 뜰 수 없어도 가자."

하고 자꾸 가니 몇 걸음 못 나가서 가시밭이 있거늘,

"오냐, 가시밭길이라도 우리가 가면 길 된다."

하고 눌러 걷더니 또 몇 걸음 못 나가서 땅에서 시퍼런 칼 같은 것을 모로 세워, 밟는 대로 발이 찢어져 피 발이 된다.

"피 발이 되어도 간다."

하고 서로 붙들고 가더니 무엇이 머리를 꽉 눌러 허리도 펼 수 없고 한 발씩이나 되는 주둥이가 살을 콱콱 물어 떼어 아프고 가려워 견딜 수 없고, 머리털이 타는 듯, 고추가 타는 듯한 냄새가 나, 코를 들 수 없고 앞뒤로 불덩이가 날아와 살이 모두 데이니, 잇놈이 딱 자빠지며,

"애고, 나는 못 가겠다."

한 놈과 다섯 친구들이 억지로 끌어 일으키나 아니 들으며,

"여기 누우니 아픈 데가 없다."

하거늘, 한 놈이

"싸움에 가는 놈이 편함을 구하느냐?"

하고 꾸짖고, 할 수 없이 일곱 친구에 하나를 버리니 여섯 사람뿐이라.

"우리는 적과 싸움에서 못 견디지 말자."

하고 서로 격려하나, 길이 어둡고 몸이 저려 기다가, 걷다가, 구르다가, 뛰다가 온갖 짓을 다하며 나가는데 웬 할미가 앞에 지나가거늘, 일제히 소리를 쳐

"할멈, 싸움터는 어디로 가오?"

하니 지팡이를 들어

"이리 가라."

하고 가리키는데, 지팡이 끝에 환한 광선이 비치더라.

"이곳이 어데요?"

하고 물으니

"고됨벌이라."

하더라. 광선을 따라 나아가니 눈앞이 환하고 갈 길이 탁 트인다. 한편으로는 반갑기도 하지만, 또 한편으로는 눈물이 주르르 쏟아진다.

"살거든 같이 살고 죽거든 같이 죽자고 옷고름 맺고 맹세하며, 같이 오던 일곱 사람에 잇놈 하나만 버리고 우리 여섯은 다 오는구나. 잇놈아, 네 조금만 견디었으면 우리 같이 이 구경을 할걸, 네 너무도 참지 못하여 우리는 오고 너는 갔구나. 그러므로 마지막 씨름에 잘하여야 한다는 말도 있고 최후 오 분 종을 잘 지내란 말도 있는 것이다. 그러나 쓸데 있나, 이 뒤에 우리 여섯이나 조심하자."

하고 받고 차며 이야기하고 가더니 이곳이 어디기에 이다지 좋은가. 나무 그늘 가득한 곳에 금잔디는 땅에 깔리고 꽃은 피어 뒤덮였는데, 새들은 제 세상인 듯 쩍쩍이고 범이 오락가락하나 사람보고 물지 않고, 온갖 풀이 모두 향내를 피우며 길은 옥으로 깔렸는데 얼른얼른하며, 그 속에 한 놈의 무리 여섯이 비치어 있고, 금강산의 만물상같이 이름 짓는 대로 보이는 것도 많으며, 평양 모란봉처럼 우뚝 솟아 그린 듯한 빼어난 뫼며, 남한산의 꽃버들이며, 북한산의 단풍이며, 경주의 삼기팔괴(三奇八怪)며, 원산의 명사십리 해당화며, 호호탕탕 한강 물에 뛰노는 잉어며, 천안 삼거리 늘어진 버들이며, 송도 박연에 구슬 뿜듯 헤치는 폭포며, 순창의 옷과 대발이며, 온갖 풍경이 갖추어 있어 한 놈의 친구 여섯 사람으로 하여금 '고됨벌'에서 받던 고통은 씻은 듯 간 데 없다. 몸이 거뜬하고 시원함을 이기지 못하여

서로 돌아보며,

"이곳이 어디인가? 님의 나라인가? 님의 나라야 싸움터도 끝나지 않았는데 어느새 왔을 수 있나?"

하며 올 없이 가는 판이러니, 별안간 사람의 눈이 부시게 빛이 찬란한 산이 멀리 보이는데, 그 위에 붉은 글씨로 '황금산'이라고 새기었더라. 앞에 다다라 보니 순금으로 쌓은 몇 만 길 되는 산이요, 한 쌍의 옥동자가 그 산 이마에 앉아 노래를 한다.

재 사람이 그 누구냐
내 이 산을 내어주리라
이 산만 가지면
옷도 있고 밥도 있고
고대광실 높은 집에
한평생 잘살리라
이 산만 가지면
맏아들은 황제 되고
둘째 아들은 제후가 되고
셋째 아들은 파초선 받고
넷째 아들은 쌍가마 타고
네 앞에 절하리라.

이 산을 가지려거든

단군을 버리고 나를 할아비하며

진단(震檀)을 던지고 내 집에서 네 살림하여라.

이 산만 차지하면

금강석으로 네 갓하고

진주 구슬로 네 목도리하고

홍보석으로 네 옷 말아 주마

잰 사람이 그 누구냐

너희들도 어리석다.

싸움에 다다르면 네 목은 칼 밥이요

네 눈은 활 과녁이요

네 몸은 탄알 밥이라

인생이 얼마라고 호강을 싫어하고

아픈 길로 드느냐?

어리석다 불쌍하다 너희들…….

노랫소리 맑고 고와 듣는 사람의 귀를 콕 찌르니, 엇째 놈이 그 앞에 턱 엎드러지며,

"애고 나는 못 가겠소. 형들이나 가시오."

한 놈의 친구가 또 하나 없어진다. 기가 막혀 꾀이고 꾸짖으

며 때리며 끌며 하나, 옛째 놈이 그 산에 딱 들러붙어 일어나지 않더라.

　하릴없이 한 놈이 이제 네 친구만 데리고 가더니 큰 냇물이 앞에 나서거늘, 한 놈이 친구들을 돌아보며,

　"이 내가 무슨 내인가?"

하며 그 이름을 몰라 갑갑한 말을 한즉, 냇물에서 무엇이 대답하되

　"내 이름은 새암이라."

　"새암이란 무슨 말이냐?"

　"새암이란 재주 없는 놈이 재주 있는 놈을 미워하며, 공 없는 놈이 공 있는 놈을 싫어하여 죽이려 함이 새암이니라."

　"그러면 네 이름이 새암이니 남의 집과 남의 나라도 많이 망쳤겠구나."

　"암, 그럼. 단군 때에는 비록 마음이 있었으나 도덕의 아래라 감히 행세치 못하다가 부여의 말년부터 내 이름이 비로소 나타날새, 금와왕의 아들들이 내 맛을 보고 동명왕을 죽이려 했고, 비류단 사람이 내 맛을 보고 온조왕과 갈라지고, 수성왕이 내 맛을 보고는 국조의 부자를 죽이며, 고구려 봉상왕이 내 맛을 보고는 달가 같은 공신을 베고, 백제의 신하인 백가가 동성왕을 죽여서 패업을 꺾음도 나의 꾀임이며, 좌가려가 고국천왕을 싫

어하여 연나와 함께 반란을 일으킴도 나의 흐림이라. 나의 물결이 가는 곳이면 반드시 환란을 내어, 삼국의 강성이 더 늘지 못함이 내 솜씨로 말미암음이라고도 할지나, 그러나 이때는 오히려 정도가 세고 내가 약하여 크게 횡행하지 못하더니, 세월이 흘러 삼국의 말엽이 되니, 내가 간 곳마다 성공하여, 백제에 들매 의자왕의 군신이 서로 새암하여 성충이며, 흥수며, 계백 같은 어진 신하가 용감한 장수를 멀리하여 망함에 이르렀으며, 고구려에 들매 남생의 형제가 서로 새암하여 평양이며, 국내성이며, 개모성 같은 큰 성을 적국에 바쳐 비운에 빠지고, 복신은 만고의 명장으로 풍왕의 새암에 손바닥, 발바닥을 뚫리는 악형을 받아 중흥의 사업이 꿈결로 돌아가고, 검모잠은 세상을 덮을 매서운 장부인데 안승왕의 새암에 비참한 주검이 되어 다물의 큰 뜻이 이슬같이 사라지고, 이 뒤부터는 매우 내 판이라.

고려 왕 씨조나, 조선 이 씨조는 모두 내 손에 공기가 노는 듯하여 군신이 의심하며, 상하가 미워하며, 문무가 싸우며, 사색당파가 서로 잡아먹으며, 이백만 홍건적을 쳐 물린 정세운도 죽이며, 수십 년 해륙전에 드날리던 최영도 베며, 팔 년 왜란에 바다를 진정하여 해왕이란 이름을 가지던 이순신도 가두며, 일개 서생으로 왜장 가등청정을 부수고 함경도를 찾은 정문부도 죽여 드디어 금수강산이 비린내가 나도록 하였노라."

한 놈이 그 말을 듣고는 몸에 소름이 끼쳐 친구를 돌아보며,

"이 물이야 건널 수 있느냐?"

하나 넷놈, 닷놈이 웃으면서,

"그것이 무슨 말이오? 백이숙제가 탐천 물을 마시면 그 마음이 흐릴까요."

하더니 벗고 들어서거늘, 한 놈, 둣놈, 셋놈 세 사람도 용기를 내어 뒤에 따라서며, 도통사 최영이 지은

까마귀 눈비 맞아 희난 듯 검노매라
야광명월이 밤인들 어둘쏘냐
임 향한 일편단심 가실 줄이 있으랴

한 시조를 읊으며 건너니라.

저편 언덕에 다다라서는 서로서로 냇물을 돌아보며,

"요만 물에 어찌 장부의 마음을 변할쏘냐? 우리가 아무리 어리다 해도 혹 국사에 힘써 화랑의 교훈을 받은 이도 있으며, 혹 불교를 연구하여 석가의 도를 들은 이도 있으며, 혹 불교를 연구하여 석가의 도를 들은 이도 있으며, 혹 예배당에 출입하여 양자의 신약도 공부한 이 있나니, 어찌 접시물에 빠져 형제가 서로 새암하리오."

하고 더욱 씩씩한 꼴을 보이매 길에 오르니라.

싸움터가 가까워 온다. 님나라가 가까워 온다. 깃발이 보인다. 북소리가 들린다. 어서 가자 재촉할 새, 가장 날래게 앞서 뛰는 놈은 셋놈이러라. 넷놈이 따르려 하여도 따르지 못하여 허덕허덕하며 매우 좋지 못한 낯을 갖더니,

"저기 적진이 보인다."

하고 실탄 박은 총으로 쏜다는 것이 적진을 쏘지 않고 셋놈을 쏘았더라.

어화, 일곱 사람이 오던 길에 한 사람은 고통에 못 이기어 떨어지고, 또 한 사람은 황금에 마음이 바뀌어 떨어졌으나 오늘같이 서로 죽이기는 처음이구나! 새암의 화가 참말 독하다. 죽은 놈은 할 수 없거니와 죽인 놈도 그저 둘 수 없다 하여 넷놈을 잡아 태워 죽이고, 한 놈, 둣놈, 닷놈 무릇 세 사람이 동행하니라. 인간에게 알기는 도깨비가 님에게 대하여 만나면 으레 항복하고 싸우면 으레 진다 하더니, 싸움터에 와 보니 이렇게 쉽게는 말할 수 없더라.

님의 키가 열 길이 되더니 도깨비의 키도 열 길이 되고, 님의 손이 다섯 발이 되더니 도깨비의 손도 다섯 발이 되고, 님의 손에 번개가 치면 도깨비의 눈에도 번개가 치고, 남의 입에 우레가 울면 도깨비의 입에도 우레가 울며, 님이 날면 도깨비도 날

며, 님이 뛰면 도깨비도 뛰며, 님의 군사가 구구는 팔십일만 명인데 도깨비의 군사도 꼭 그 수효이더라.

《고구려사》에 보면 동천왕이 위나라 장수 관구검을 처음에 이기고 웃어 가로되,

"이같이 썩은 대적을 치는 데 어찌 큰 군사를 쓰리오."

하고, 정병은 다 뒤에 앉아 있게 하고 다만 오천 명으로써 적의 수만 명과 결전하다가, 도리어 큰 위험을 겪은 일이 있더니, 님 나라에서도 이런 짓이 있도다. 싸움이 시작되자 님이 영을 내리시되,

"오늘은 전군이 다 나아갈 것이 없이 다만 구분의 일, 곧 구만 명만 나서며, 또 연장은 가지지 말고 맨손으로 싸워 도깨비의 무리가 우리 재주에 놀래어 다시 덤비지 못하게 하여라."

하니 좌우 사람들은 안 될 짓이라고 간하나 님이 안 들으신다.

진이 사괴매 님의 군사가 비록 날쌔나 어찌 연장 가진 군사와 겨루리오. 칼이며, 총이며, 불이며, 물이며 온갖 것을 다하여 님의 군사를 치는데, 슬프다. 님의 군사는 빈주먹이 칼에 부서지고, 흰 가슴이 총에 꿰뚫리며, 뛰다가 불에 타며, 기다가 물에 빠져 살 길이 아득하다. 입으로는,

"우리는 정의의 아들이다. 악이 아무리 강한들 어찌 우리를 이기리오."

하고 부르짖으나 강한 힘 밑에서야 정의의 할아비인들 쓸데 있느냐? 죽는 이 님의 군사요, 엎치는 이 님의 군사더라. 넓고 넓은 큰 벌판에 정의의 주검이 널리었으나 강적의 칼은 그치지 않는다. 한 놈의 동행인 닷놈이 고개를 숙이고 탄식하되,

"이제는 님의 나라가 그만이로구나. 나는 어디로 가뇨?"

하더니, 청산 백운 간에 사슴의 친구나 찾아간다고 봇짐을 싸며, 셋놈은 왈칵 나서며,

"장부가 어찌 이렇게 적막히 살 수야 있나. 종살이라도 하며 세상에서 어정거림이 옳다."

하고 적진으로 향하니라.

이때 한 놈은 어찌할까, 한 놈은 한 놈의 짐을 지고 왔으며, 너희들은 각기 너희들의 짐을 지고 왔나니 짐을 벗어던지고 달아나는 너희들을 따라가는 한 놈이 아니요, 가는 놈들은 가거라 나는 나대로 하리라 함이 정당한 일인 듯하나, 그러나 너는 내 손목을 잡고, 나는 네 손목을 잡아 죽으나 사나 같이 가자 하던 일곱 사람에, 단 셋이 남아 나밖에는 네 형이 없고 너밖에는 내 아우 없다 하던 너희들을 또 버리고, 나 홀로 돌아섬도 또한 한 놈이 아니로다. 한 놈이 이에 오도가도 못 하고 길 곁에 주저앉아 홀로,

"세상이 원래 이런 세상인가? 한 놈이 친구를 못 얻음인가?

말짱하게 맹세하고 오던 놈들이 고되다고 달아난 놈도 있고, 돈이 있다고 달아난 놈도 있고, 할 수 없다고 달아난 놈도 있어 일곱 놈에 나 한 놈만 남았구나."

탄식하니 해는 서산에 너울너울 넘어가 사람의 사정을 돌보지 않더라. 이러나저러나 갈 판이라고 두 주먹을 부릅 쥐고 달리더니 난데없는 구름이 모여들어 하늘이 캄캄하여지며 범과 이리와 사자와 온갖 짐승이 꽉 가로막아 뒤로 물러갈 길은 보이지만 앞으로 나아갈 길은 없더라. 할 수 없이 다시 오던 길을 찾아 뒤로 몇 걸음 물러서다가,

"뺀 칼을 다시 박으랴!"

소리를 지르고 앞을 헤치고 나아가니, 님의 형상은 보이지 않으나 님의 발소리가 귀에 들린다.

"네 오느냐? 너 홀로 오느냐?"

하시거늘 한 놈이 고되고 외로워 어찌할 줄 모르던 차에 인자하신 말씀에 느낌을 받아 눈에 눈물이 핑 돌며 목이 탁 메어 겨우 대답하되,

"예, 홀로 옵니다."

"오냐, 슬퍼 마라, 옳은 사람은 매양 무척 고생을 받고서야 동무를 얻나니라."

하시더니 칼을 하나 던지시며,

"이 칼은 3925년(1592년) 임진왜란 때 의병 대장 정기룡이 쓰던 삼인검이다. 네 이것을 가지고 적진을 쳐라!"

하시더라. 한 놈이 칼을 받아 들고 나서니 하늘이 개며 해도 다시 나와, 범과 사자들은 모두 달아나 앞길이 탁 트이더라. 몸에 님의 명령을 띠고 손에 님이 주신 칼을 들었으니 무엇이 무서우리오. 적진이 여우 고개에 있다는 소문을 듣고 그리로 향하여 가는데 칼이 번쩍번쩍하더니 찬바람을 치며 비린내가 코를 찌르거늘,

"에쿠, 적진에 당도하였구나."

하고 칼을 저으며 들어가니 수십만 적병이 물결이 갈라지듯 하는지라. 그 사이를 뚫고 들어간즉, 어떤 얼굴이 고약한 적장이 책상에 기대어 임진 전사를 보는데 한 놈의 손에 든 칼이 부르르 떨어 그 적장을 가리키며 소리치되,

"저놈이 곧 임진왜란 때에 조선을 더럽히려던 일본의 관백 풍신수길이라."

원수를 외나무다리에서 만난 한 놈이 어찌 용서가 있으리오. 두 눈에 쌍심지가 오르며 분기가 정수리를 쿡 찔러, 곧 한 칼에 이놈을 고깃장을 만들리라 하여 힘껏 겨누어 치려 한즉, 풍신수길이 썩 쳐다보며 빙그레 웃더니 그 고약한 얼굴은 어디 가고, 아름다운 미인이 되어 앉았는데 꽃을 본 나비인 듯, 물 찬 제비

인 듯, 솟아오르는 반월인 듯…….

한 놈이 그것을 보고 팔이 찌르르해지며 차마 치지 못하고 칼이 땅에 덜렁 내려지거늘, 한 놈이 칼을 집으려고 몸을 굽힐새, 벌써 그 미인이 변하여 개가 되어 컹컹 짖으며 물려고 드나, 한 놈이 칼을 잡지 못하여 맨손으로 어쩔 수 없어 삼십육계의 상책을 찾으려다가 발이 쭉 미끄러지며,

"아차."

하는 한마디에 어디로 떨어져 내려가는지 한참 만에 평지를 얻은지라.

골이 깨어지지나 않았는가 하고 손으로 만져 보니 깨어지지는 않았으나, 무엇이 쇠뭉치로 뒤통수를 딱딱 때려 아파 견딜 수 없고, 또 쇠사슬이 어디서 오더니 두 손을 꽉 묶으며 온 몸을 굴신할 수 없게 얽어매고, 불침, 불칼이 머리부터 시작하여 발끝까지 쑤시는도다.

한 놈이 깜짝 놀래어,

"아이고, 내가 지옥에 들어왔구나. 그러나 내가 무슨 죄로 여기를 왔나?"

하고, 땅에 떨어진 날부터 오늘까지 아는 대로 무릇 삼십여 년 사이의 일을 세어 보니 무슨 죄인지 모르겠더라. 좌우를 돌아보니 한 놈과 같이 형구를 가지고 앉은 이가 몇몇 있거늘,

"내가 무슨 죄로 왔느냐?"

하고 물은즉 '잘 모른다.' 하며,

"너희들은 무슨 죄로 왔느냐?"

하여도 '모른다.' 하더라. 한 놈이 소리를 지르며,

"사람이 어찌 무슨 죄로 왔는지도 모르고 이 속에 갇혔으리
오?"

하니 대답하되,

"얼마 안 되어 순옥사자(巡獄使者)가 오신다니 그에게 물어보
라."

하더라.

5

아픔도 아픔이어니와 가장 갑갑한 것은 내가 무슨 죄로 이 속
에 왔는지를 모름이라.

"순옥사자가 오시면 안다 하니 언제나 오나."

하며, 빠지는 눈을 억지로 참고 며칠을 기다리더니 하루는 삼백
예순다섯 가지 풍류 소리가 나며,

"신임 순옥사자 고려 문하시랑 동문장사 강감찬(高麗 門下侍

郎 同文章事 姜邯贊)이 듭신다."

하더니 온 옥중이 괴괴한데, 한 놈이 좌우의 낯을 살펴보니 어떤 사람은,

"나야 무슨 죄가 있나, 설마 순옥사자께서 곧 놓아 보내겠지."

하는 뜻이 있어 기꺼운 낯을 가지며, 어떤 사람은,

"내 죄는 이보다 더 참혹한 지옥에 갇힐 터인데, 순옥사자가 오시면 어찌하나."

하는 뜻이 있어 걱정스러운 듯한 낯을 가지며, 어떤 사람은,

"죄를 지면 지었지 지옥밖에 더 왔겠니."

하는 뜻이 있어 아무렇지도 않은 듯한 낯을 가지며, 또 어떤 사람은,

"아이고 이제는 큰일 났구나. 내 죄야 있는지 없는지 모르겠다만 순옥사자가 아마 덮어놓고 죽이실걸."

하는 뜻이 있어 잿빛 같은 낯을 가지며, 지옥이 무엇인지 천당이 무엇인지 순옥사자가 가는지 오는지도 모르고 앉아 있는 사람도 있으며,

"오냐, 지옥에 가두어라. 가두면 늘 가두겠느냐. 나가는 날에는 또 도적질이나 하자."

하는 사람도 있으며,

"우리 어머니가 내 일을 알면 오죽 울겠느냐? 순옥사자시여!

제발 놓아주옵소서."

하는 사람도 있으며,

"옥이고 깨묵이고 밥이나 좀 먹었으면."

하는 사람도 있으며,

"순옥사자가 오기만 오너라. 내 죽자 사자 해 보겠다. 인간에서 하던 고생도 많은데 또⋯⋯."

하는 사람도 있으며,

"내가 돈이 백만 냥이 있으니 순옥사자의 옆구리만 쿡 찌르면 되지."

하는 사람도 있으며,

"나는 계집인데 순옥사자가 밉지 않은 나야 설마 죽이겠니."

하는 사람도 있어 빛도 각각이요, 말도 각각이더라.

옥중에 서기(瑞氣)가 돌며 순옥사자 강감찬이 드시는데 키는 불과 오 척이요, 꼴도 매우 왜소하고 초라하지만 두 눈에는 정기가 어리고 머리 위에는 어사화가 펄펄 난다.

이때를 당하여 사방을 돌아보니 억센 놈도 어디 가고, 다리 긴 놈도 어디 가고, 겁이 많은 놈도 어디 가고, 돈이 많은 놈도 어디 가고, 얼굴 좋은 아가씨도 어디 가시고 온 옥중에 있는 사나이나 계집이나 모두 오래 젖에 주린 아이가 어미 몸을 보는 듯하여 콱 엎드러져 흑흑 느끼어 가며 운다.

강감찬이 보시더니 불쌍히 여기사 물으시되,

"왜 처음에 지옥이 무서운지 몰랐더냐? 죄를 왜 지었느냐?"
하니 옥중이 묵묵하여 아무 대답이 없거늘 한 놈이 나서며 여짜
오되,

"우리가 나가고 싶다는 말도 없었는데 님이 우리를 인간에 내
시고, 우리가 오겠다고 원하지도 않았는데 님이 우리를 지옥에
넣으시니, 우리들이 님의 일이 답답하여 우나이다."

강감찬이 웃으시며,

"님이 너희들을 내셨다더냐? 또 지옥에 올 때도 님이 가라고
하시더냐?"

"그러면 누가 내시고 누가 이리로 오게 하였습니까?"

강감찬이 크게 소리를 질러,

"네가 네 일을 모르고 누구에게 묻느냐?"
하고 꾸짖으니 온 옥중이 모두 한 놈과 함께 황송하여 일제히
그 앞에 엎드리며,

"미련한 것들이 알지 못하오니 사자님은 크게 사랑하사 미혹
됨을 열어 주소서."

강감찬이 지팡이를 거꾸로 받드시더니 모든 죄인에게 말씀
하시되,

"너희들이 죄를 짓지 않으면 지옥이란 이름이 없으리니, 그

러므로 지옥은 님이 지은 것이 아니라 곧 너희들이 지은 지옥이
니라."

한 놈이 일어서 아뢰되,

"우리가 지은 지옥이면 깨기도 우리 손으로 깰 수 있습니
까?"

강감찬이 가라사대,

"적은 죄는 자기 손으로 깨고 나아갈지나, 큰 죄는 제 손은 그
만두고 님이 깨어 주려 하여도 깰 수 없나니, 천겁 만겁을 지옥
에서 썩을 뿐이니라."

한 놈이 묻되,

"어떤 죄가 큰 죄오니까?"

강감찬이 가라사대,

"처음에 단군이 오계를 세우시니,

① 나라에 충성하며,

② 집에서 효도하고 우애하며,

③ 벗을 미덥게 사귀며,

④ 싸움에서 뒷걸음질 말며,

⑤ 생물을 죽임에 골라 죽임이라.

옛적에는 오계의 하나만 범하여도 큰 죄라 하여 지옥에 내리더니, 이제 와서는 나라일이 급하여 다른 죄를 이루 다 다스릴 수 없어 오직 나라에 대한 죄만 큰 죄라 하여 지옥에 내리느니라."

한 놈이,

"나라에 대한 큰 죄가 몇입니까?"

하고 물은대, 강감찬이,

"네가 앉아 들으라!"

하시더니, 하나씩 세신다.

"첫째는 나라의 적을 두는 지옥이 일곱이니,

① 국민의 부탁을 받아 임금이나 대신이 되어, 나라의 흥망을 어깨에 맨 사람으로 금전이나 사리사욕만 알다가, 적국에 이용된 바가 되어 나라를 들어 남에게 내어주어, 조상의 역사를 더럽히고 동포의 생명을 끊나니, 백제의 임자며, 고구려의 남생이며, 발해의 마지막 임금인 인찬이며, 대한 말일의 민영휘, 이완용 같은 무리가 이것이다. 이 무리들은 살릴 수 없고 죽이기도 아까우므로, 혀를 빼며, 눈을 까고, 쇠비로 그 살을 썰어 뼈만 남거든 또 살리고 또 이렇게 죽이되, 하루 열두 번을 이대로 죽이고 열두 번을 이대로 살리어, 죽으면 살리고 살면 죽이나니, 이

192

는 곧 매국 역적을 처치하는 '겹겹지옥'이니라.

② 백성의 피를 빨아 제 몸과 처자를 살찌우던 놈이니, 이놈들은 독 속에 넣고 빈대와 뱀 같은 벌레로 피를 빨게 하나니 이는 '줄줄지옥'이니라.

③ 혓바닥이나 붓끝으로 적국의 정책을 노래하고 어리석은 백성을 몰아 그물 속에 들도록 한 연설쟁이나 신문 기자들은 혀를 빼고 개의 혀를 주어, 날마다 컹컹 짖게 하나니 이는 '강아지지옥'이니라.

④ 목구멍이 포도청이라고 해 먹을 것 없으니 정탐질이나 하리라 하여, 뜻있는 사람을 잡아 적국에게 주는 놈은 돗 껍질을 씌워 꿀꿀 소리가 나게 하나니, 이는 '돼지지옥'이니라.

⑤ 겉으로 지사인 체하고 속으로 적을 심부름하던 놈은 그 소행이 더욱 밉다. 이는 머리에 박쥐 감투를 씌우고 똥집을 빼어 소리개를 주나니 이는 '야릇지옥'이니라.

⑥ 딸깍딸깍 나막신을 끌고 걸음걸음 적국 놈의 본을 뜨며, 옷을 입고 밥을 먹는 것도 모두 닮으려 하며, 자식에게 나가던 내 말을 버리고 적국의 말을 가르치는 놈은 목을 잘라 불에 넣으며 다리를 끊어 물에 던지고, 가운데 토막은 주물러 나나리를 만드나니 이는 '나나리지옥'이니라.

⑦ 적국 놈에게 시집가는 년들이며, 적국 년에게 장가가는 놈

들은 불칼로 그 몸을 절반으로 끊나니 이는 '반신지옥'이니라.

둘째는 망국노를 두는 지옥이니,

① 나라야 망하였건 말았건 예수나 잘 믿으면 천당에 간다 하며, 공자의 글이나 잘 읽고 산림 속에서 독선기신(獨善其身)한다 하여 조상의 역사가 결딴남도 모르며, 부모나 처자는 모두 남의 종이 된지는 생각지도 않고, 오직 선과 천당을 찾는 놈들은 똥물에 튀기어 쇠가죽을 씌우나니, 이는 '똥물지옥'이니라.

② 정견을 가진 당파는 있어야 하지만 오직 지방색으로 가르며, 종교로 가르며, 개인적 감정으로 가르며, 한 나라를 열 쪽으로 내어 서로 해외로 다니며 싸우고 이것을 일로 아는 놈들은 맷돌에 갈아 없애야 새싹이 날지니, 이는 '맷돌지옥'이니라.

③ 말도 남의 말만 알고 풍속도 남의 풍속만 좇고 종교나 학문이나 역사 같은 것도 남의 것을 제 것으로 알아 러시아에 가면 러시아인이 되고, 미국에 가면 미국인이 되는 놈들은 밸을 빼어 게같이 만드나니, 이는 '엉금지옥'이니라.

④ 동양의 아무 나라가 잘되어야 우리의 독립을 찾으리라 하며, 서양의 아무 나라가 우리 일을 보아 주어야 무엇을 하여 볼 수 있다 하여, 외교에 의뢰하여 국민의 사상을 약하게 하는 놈들은 그 몸을 주물러 댕댕이를 만들어 큰 나무에 감아 두나니,

이는 '댕댕이지옥'이니라.

⑤ 의병도 아니요, 암살도 아니요, 오직 할 일은 교육이니 실업 같은 것으로 백성을 깨우치자 하여, 점점 더운 피를 차게 하고 산 넋을 죽게 하나니, 이놈들의 갈 곳은 '어둥지옥'이니라.

⑥ 황금이나 여색 같은 데에 빠져, 있던 뜻을 버리는 놈은 그 갈 곳이 '단지지옥'이니라.

⑦ 지식이 없어도 있는 체하고, 열성이 없어도 있는 체하며, 죽기는 싫으나 명예는 차지하려 하여 거짓말로 남을 속이고 다니는 놈들은 불로 지져 뜨거움을 보여야 하나니, 이는 '지짐지옥'이니라.

⑧ 머리를 앓고 피 토하여 가며 나라 일을 연구하지 않고, 오직 남의 입내만 내어 마찌니의 소년 이태리를 본떠 회(會)의 규칙을 만들며, 손문의 군정부 약법(約法)을 번역하여 자가의 주의로 삼아 특유한 국민성이 없이 인쇄된 책으로나 일을 하려는 놈들의 갈 지옥은 '잔나비지옥'이니라.

⑨ 잔꾀만 가득하여 일이 없는 때는 칼등에서 춤이나 출 듯이 나서다가 일이 있을 때는 싹 돌아서 누울 곳을 보는 놈은 그 기름을 빼어야 될지라. 고로 가마에 넣고 삶나니 이는 '가마지옥'이니라.

⑩ 아무래도 쓸데없다. 왼손으로 총을 막으며 빈 입으로 군함

을 깰까, 망한 판이니 망한 대로 놀자, 하는 놈은 무쇠 두멍을 씌워 다시 하늘을 못 보게 하나니, 이는 '쇠솥지옥'이니라.

⑪ 돈 한 푼만 있는 학생이면 요릿집에 데리고 가며, 어수룩한 사람이면 영웅으로 치켜세워 저의 이용물을 만들고 이를 수단이라 하여 도덕 없는 사회를 만드는 놈의 갈 곳은 '아귀지옥'이니라.

⑫ 공자가 어떠하다, 예수가 어떠하다, 나폴레옹이 어떠하다, 워싱턴이 어떠하다 하며, 내 나라의 성현 영웅을 하나도 모르는 놈은 글을 다시 배워야 하나니, 이놈들의 갈 곳은 '종아리지옥'이니라.

이 밖에도 지옥이 몇몇이 더 되나, 너희들이 알아 둘 지옥은 이만하여도 넉넉하니라."

온 죄수가 악마구리 울 듯하며,

"사자님은 크게 어진 마음으로 죄를 용서하시고 이곳을 떠나게 하소서."

하고 부채로 썩 가리니 모든 죄수가 어디 있는지 보지는 못하나 마음에 그 참형당할 일이 애달파 한 놈이 강감찬의 앞에 썩 나아가, 매국적 같은 큰 죄는 할 수 없거니와 그 나머지는 다 놓아 보낼 것을 청하니, 강감찬이 한 놈의 등을 만지며,

"그대가 이런 마음으로 님나라에 갈 만하지만 다만 두 사랑이 있으므로 이곳까지 옴이로다."

하거늘, 한 놈이 이제야 미인의 홀림으로 풍신수길을 놓치던 일을 생각하고 문자와 가로되,

"나라 사랑하는 사람은 미인을 사랑하지 못하옵니까?"

강감찬이 땅 위에 놓인 칼을 가리키며,

"이 칼 놓은 자리에 다른 것도 또 놓을 수 있느냐?"

"안 될 말입니다. 두 물건이 한시에 한자리를 차지할 수가 있습니까?"

강감찬이 이에 손을 치며,

"그러하니라. 두 물건이 한시에 한자리를 못 차지할지며, 두 사상이 한시에 한 머릿속에 같이 있지 못하나니, 이 줄로 미루어 보아라. 한 사람이 한평생 두 사랑을 가지면 두 사랑이 하나도 이루기 어려운 고로, 이야기에도 있으되 '두 절개가 되지 말라.' 하니 그 부정함을 나무람이라."

한 놈이 또 묻되,

"그 줄이 있습니까?"

강감찬이 대답하되,

"소경은 귀가 밝고 귀머거리는 눈이 밝다 함은 한길로 가는 까닭이라. 그러기에 석가여래가 아내와 아들을 다 버리고 보리

수 밑에서 아홉 해를 지내심이니라."

"애국자의 일도 종교가와 같으오리까?"

"하나는 출세자의 일이요, 하나는 입세자의 일이니. 일은 다르지만 종교가가 신앙 밖에 다른 사랑이 있으면 종교가가 아니며, 애국자가 나라 밖에 다른 사랑이 있어도 애국자가 아니다. 그러므로 사람마다 몸을 안 아끼는 이 없지만 충신이 일에 당하면 열두 번 죽어도 사양치 않으며, 누가 처자를 안 어여삐 하리오만 열사가 나라를 위함에는 가족까지 희생하나니, 이와 같이 나라 밖에는 딴 사랑이 없어야 애국이거늘, 이제 나라도 사랑하며 술도 사랑하면 술도 나라 잊을 적이 있을지며, 나라도 사랑하며 미인도 사랑하면 미인으로 나라 잊을 때가 있을지니라."

한 놈이 절하며 그 고마운 뜻을 올리고 그러나 지옥에서 나가게 하여 달라 하니 강감찬이 가로되,

"누가 못 나가게 하느냐?"

"못 나가게 하는 사람은 없사오나 몸이 쇠사슬에 묶이어 나갈 수 없습니다."

강감찬이 웃으시며,

"누가 너를 묶더냐?"

하니 한 놈이 이 말에 크게 깨닫게 되어,

"본래 묶이지 않은 몸을 어디에 풀 것이 있으리오."

하고 몸을 떨치니 쇠사슬도 없고 옥도 없고 한 놈의 한 몸만 우뚝하게 섰더라.

6

넘나라는 하늘 위에 있고 지옥은 땅 밑에 있어 그 거리가 천 리나 만 리인 줄 알고 있는 것은 인간의 생각이라.

실제는 그렇지 않아서 땅도 한 땅이요, 때도 한때인데 제치면 넘나라고 엎치면 지옥이요, 세로 뛰면 넘나라고 가로 뛰면 지옥이요, 날면 넘나라며 기면 지옥이요, 잡으면 넘나라며 놓치면 지옥이니, 넘나라와 지옥의 거리가 요것뿐이더라.

지옥이 이미 부서지매 한 놈이 눈을 드니, 금으로 지은 집에 옥으로 쌓은 담이 어른어른하고 땅에 깔린 것은 모두 진주와 금 강석이요, 맑고 향내 나는 공기가 코를 찔러 밥 안 먹고도 배부르며, 나무마다 꽃이 피어 봄빛을 자랑하며, 새는 앵무, 공작, 금계, 백학, 꾀꼬리같이 듣고 보기가 좋은 새들이며, 짐승은 사람을 물지 않는 빛깔 좋은 호랑이와 표범 같은 짐승들이요, 거리마다 신라의 만불산을 벌여 놓고 집집마다 고구려의 짐승털 요를 깔았으며, 입은 것은 부여의 무늬 비단과 진한의 합사로 짠 비단이며, 들리는 것은 변환의 가야금이며, 신라의 만만파 쉬는 피리며, 백제의 공후도 있고 고려의 국악도 있더라. 한 놈이 기쁨을 이기지 못하여,

"이제는 내가 님나라에 다다랐구나."

하고 기꺼워 나서니, 님나라의 모든 물건도 한 놈을 보고 반기는 듯하더라. 님을 뵈려고 하나 하늘같이 높으시고 바다같이 넓으시고 해같이 밝으시고 달같이 둥그시고 봄같이 따뜻하고 가을같이 매우사 한 놈의 좁은 눈으로는 볼 수가 없다. 그 좌우에 모셔 앉으신 이는,

신앙에 굳으신 동명성제(東明聖帝), 명림답부(明臨答夫).

치제(治劑)에 밝으신 백제 초고대왕(肖古大王), 발해 선왕(宣王).

이상이 높으신 진흥대왕(眞興大王), 설원랑(薛原郎).

역사에 익으신 신지선인(神志先人), 이문진(李文眞), 고흥(高興), 정지상(鄭知常).

국문에 힘쓰신 세종대왕(世宗大王), 설총(薛聰), 주시경(周時經).

육군에 능하신 발해태조(渤海太祖), 연개소문(淵蓋蘇文), 을지문덕(乙支文德).

해군에 용하신 사법명(沙法名), 정지(鄭地), 이순신(李舜臣).

강토를 개척하신 광개토왕(廣開土王), 동성대제(東聖大帝), 윤관(尹瓘), 김종서(金宗瑞).

법전을 편찬한 을파소(乙巴素), 거칠부(居柒夫).

망국 말엽에 두 손으로 하늘을 받들던 백제의 부여 복신(福信), 고구려의 검모잠(劍牟岑).

나라가 어지러워 흔들리는 시대에 한칼로 외적을 물리치고 나라를 편히 하던 고려의 최영(崔瑩), 강감찬(姜邯贊), 조선의 임경업(林慶業).

외지에 식민한 서언왕(徐偃王), 엄국시조(奄國始祖), 고죽시조(孤竹始祖).

타국에 가서 왕이 된 고운(高雲), 이정기(李正己), 김준(金俊).

사후에 용이 되어 일본을 도륙하려던 신라 문무대왕(文武大王).

계림의 개가 되어도 일본의 신하는 아니 된다던 박제상(朴堤上).

홍건적 이백만을 토평하고 간계에 죽던 정세운(鄭世雲).

우리나라 여덟 성인을 제사 지내고 금나라를 치려 했던 묘청(妙淸).

중국 홍수에 오행치수(五行治水)의 줄로 하우(夏禹)를 가르친 부루태자(夫婁太子).

한 척의 작은 배로 대해를 건너 섬나라 야만종을 개화시킨 혜자선사(惠慈禪師), 왕인박사(王仁博士).

안시성에서 당태종 이세민의 눈을 뺀 양만춘(楊萬春).

용인읍에서 살례탑(撒禮塔)의 가슴을 맞추던 김윤후(金允侯).

교육계의 종주가 되어 사해를 쓸리게 하던 영랑(永郎), 남랑(南郎).

국수(國粹)가 무너지는 것에 놀라 화랑을 중흥하려던 이지백(李知白).

동족에 대한 의분으로 발해를 구원하려던 곽원(郭元), 왕가도(王可道).

왕실을 지키려 하여 피 흘리던 이색(李穡), 정몽주(鄭夢周), 두문동(杜門洞)의 칠십일현(七十一賢).

강자를 제재함에는 암살을 유일한 신성(神聖)으로 깨달은 밀우(密友), 유유(紐由), 황창(黃昌), 안중근(安重根).

넘어지는 큰 집을 붙들려고 의로운 깃발을 올린 이강년(李康秊), 허위(許蔿), 전해산(全海山), 채응언(蔡應彦).

조촐한 우리나라의 여자 몸으로 어찌 도적에게 더럽히리오 하던 낙화암의 비빈(妃嬪)들, 임진년의 논개(論介), 계월향(桂月香).

출가한 사람으로 나라 일이야 잊을쏘냐 하던 고구려의 칠불

(七佛), 고려의 현린선사(玄鱗禪師), 조선의 서산대사(西山大師), 사명당(四溟堂).

국학에는 비록 도움이 없지만 일방의 교문에 통달하여 조선의 빛을 보탠 불학의 원효(元曉), 의상(義湘), 유학의 회재(晦齋), 퇴계(退溪).

세상에 상관없는 물외한인(物外閑人)이지만 청풍고절(淸風孤節)의 한유한(韓惟翰), 이자현(李資玄), 연신수도(鍊愼修道)의 참시(昆始), 정염(鄭磏).

건축으로 거룩한 임류각(臨流閣), 황룡사(皇龍寺) 등의 건축자.

미술로 신통한 만불산 홍구유(紅氍毹)의 제조자.

산술(算術)로 부도(夫道), 그림으로 솔거(率居), 음률로 우륵(于勒), 옥보고(玉寶高), 칼을 잘 만드는 가락국의 공장. 맹호를 맨손으로 때려잡는 발행의 장사, 성력(星曆)의 오윤부(伍允孚), 이술(異術)의 전우치(田禹治), 귀귀래래시(歸歸來來詩)로 물질불멸의 원리를 말한 화담(花潭) 서경덕(徐敬德), 폭군은 베어도 가하다 하여 '충신불사이군'의 노예설을 반대한 죽도 정여립(鄭汝立), 철주자(鐵鑄字)를 발명한 바치, 비행기의 시조 정평구(鄭平九).

이 밖에도 눈 큰 이, 입 큰 이, 팔 긴 이, 몸 굵은 이, 어느 때 외국과 싸워 이긴 이, 어느 곳에서 백성에게 큰 공덕을 끼친 이, 철학에 밝은 이, 도덕에 높은 이, 물리에 사무친 이, 문학에 잘한 이, 한 놈이 듣지도 보지도 못하던 선민들도 많으며 또 한 놈이 그 자리에서 보고 이제 기억치도 못할 이도 많아 이 책에 올리지 못하거니와, 대개 이때 한 놈의 마음은 님나라에 온 것이 기쁠 뿐만 아니라, 여러 선왕(先王)·선성(先聖)·선민(先民)들을 뵈옴이 고맙더라.

님나라에는 이렇게 모여 무슨 일을 하시는가 하고 한 놈이 눈을 들어본즉, 이상도 하고 기묘하기도 하다. 다른 것 하는 것은 아무것도 없고 오직 낱낱이 비를 만들더니 긴 막대기에 꿰어 드니 그 길이가 몇 천 길, 몇 만 길인지 모를러라. 그 비를 일제히 들더니 곧 하늘에 대고 썩썩 쓴다. 한 놈이 놀라 일어나며,

"하늘을 왜 씁니까? 땅에는 먼지나 있다고 쓸지만 하늘이야 왜 씁니까?"

모두 대답하시되,

"하늘을 못 보느냐? 오늘 우리 하늘은 먼지가 더 묻었다."

하시거늘 한 놈이 두루 하늘을 살펴보니 온 하늘에 먼지가 뽀얗게 덮이었더라. 몇 천, 몇 만의 비들이 들이대고 부리나케 쓸지만 이리 쓸면 저쪽이 뽀얗게 되고 저리 쓸면 이쪽이 뽀얗게 되어 파란 하늘은 어디 갔는지 옛 책에서도 옛이야기에서도 듣지

도 못하던 하늘이 머리 위에 덮이었더라.

"하늘도 뽀얀 하늘이 있습니까?"

한 놈이 소리를 질러 물으니 누구이신지 누런 옷 입고 붉은 띠 맨 어른이 대답하신다.

"나도 처음 보는 하늘이다. 님 나신 지 3500년경부터 하늘이 날마다 푸른빛은 날아가고 뽀얀 빛이 시작하더니, 한 해 지나 두 해 지나 4240여 년 오늘에 와서는 푸른빛은 거의 없어지고 소경 눈같이 뽀얗게 되었다. 그런즉 대개 칠백 년 동안에 난 변이요, 이 앞서는 이런 변이 없었나니라."

하더니 그만 목을 놓고 우는데 울음소리가 장단에 맞아 노래가 되더라.

하늘이 제 빛을 잃으니 그 나머지야 말할쏘냐
태백산이 높이가 줄어 석 자도 못 되고
압록강이 터를 떠나 오백 리나 이사 갔고나
아가 아가 우리 아가
네 아무리 어려도 잠 좀 깨어라
무궁화 꽃 핀 가지에 찬바람이 후려친다.

그이가 노래를 마치더니,

"한 놈아."

하고 부르더니, 서쪽을 가리키거늘 한 놈이 쳐다보니 해와 달이 같이 나란히 떠오르는데 테두리가 다 네모 나고 빛은 다 새까맣거늘, 보는 한 놈이 더욱 놀라,

"하늘이 뽀얗고 해와 달이 네모지며, 또 새까마니 이것이 님나라가 인간 세계와 다른 특색입니까?"

한데, 그이가 깜짝 뛰며,

"그게 무슨 말이냐? 하늘이 푸르고 해와 달이 둥글며 흼은 님나라나 인간이 다 한가지인데, 지금 이렇게 된 것은 큰 변이니라."

한 놈이,

"남의 힘으로 이를 어찌하지 못합니까?"

그이가 눈물을 흘리며 가라사대,

"님나라에야 무슨 변이 나겠느냐? 때로는 모두 봄이요, 땅은 모두 금이요, 짐승도 사람같이 착하니 무슨 변이 나겠느냐? 다만 이천만 인간이 지은 얼로 하늘을 더럽히고 해와 달도 빛이 없게 만들었나니, 아무리 힘인들 이를 어찌하리오."

한 놈이,

"인간에서 얼마 안 지으면 해도 옛 해가 되고 달도 옛 달이 되고 하늘도 옛 하늘이 되겠습니까?"

그이가 가라사대,

"암, 그 일을 말이냐? 대개 고려 말세부터 별별 하늘이 우리 진단(震檀)에 들어오는데 공자, 석가는 더 말할 것 없고 심지어 보살의 하늘이며, 제군의 하늘이며, 관우의 하늘이며 도사의 하늘까지 들어와 님의 하늘을 가리워 이천만 사람의 눈이 한쪽으로 뒤집혀서 보고 하는 일이 모두 딴전이 되어 국전과 국보가 턱턱 무너지기 시작할새, 역사의 제일장에 우리 님 단군을 빼고⋯⋯. 부여를 제쳐 놓고, 한 나라 반역자 위만으로 정통을 가지게 하며, 고구려의 혈통인 발해를 물리어 북맥이라 하며, 백제의 용감함을 싫어하여 이를 도가 없는 나라라고 하며, 우리의 윤리를 버리고 외국의 문교로 대신하며, 만일 국수(國粹)를 보존하려 하는 이 있으면 도리어 악형으로 죽을새, 죽도 선생 정여립이 구월산에 들어가 단군에게 제사를 지내고 시대의 악착한 풍기를 고치려 하여 '충신불사이군(忠臣不事二君)'이 성인의 말이 아니라고 외쳤나니, 이는 사상계의 사자후이거늘 진안 죽도사에서 무모한 칼에 육장이 되고 그나마 현상이며 명장이며 위인이며 제자며 장수며 협객이 이 뿐얀 하늘 밑에서 몹쓸 죽음을 한 이가 얼마인지 알 수 없나니, 이제라도 인간에서 지난 일의 잘못됨을 뉘우쳐 하고, 같이 비를 쓸어 주면 이 하늘과 이 해와 달이 제대로 되기 어렵지 아니하리라."

하며 눈물이 비 오듯 하거늘 한 놈이 크게 느끼어 '그러면 한 놈부터 내 책임을 다하리라.' 하고 곧 '비를 줍소서.' 하여 하늘에 대고 죽을 판 살 판 쓸새, 무릇 삼칠은 이십일 일을 지나니, 손이 부풀어 이리저리 터지고, 팔이 아파 비를 들을 수 없었고, 두 눈이 며칠 굶은 사람처럼 쑥 들어가 힘을 다시 더 쓸 수 없는데, 하늘을 처다본즉 여전히 뽀얗더라.

한 놈이 이어,

"내 힘은 더 쓸 수 없으나 또 내 뒤를 이어 이대로 힘쓰는 이 있으면 설마 하늘이 푸르러질 날이 있겠지."

하고 이 뜻으로 가갸 풀이를 지었는데,

가갸 거겨 가자가자, 하늘 쓸러 걸음걸음 나아가자
고교 구규 고되기는 고되지만, 굳은 마음은 풀릴쏘냐
그기 가 그믐밤에 달이 나고, 기운 해 다시 뜨도록
나냐 너녀 나 죽거든 네가 하고, 너 죽거든 나 또 하여
노뇨 누뉴 놀지 말고, 하고 보면 누구라서 막을쏘냐
느니 나 늦은 깊을 늦다 말고, 이 악물고 주먹 쥐자
다댜 더뎌 더 닳은들 칼 아니랴, 더 갈수록 매운 마음
도됴 두듀 도령님의 넋을 받아 두려운 놈 바이 없다.
드디 다 드릴 곳 있으리니 지경 따라 서고 지고

라랴 러려 나팔 불고, 북도 쳤다. 너나 말고 칼을 빼자.
로료 루류 로동하고, 싸움하여 수만 명에 첫째 되면
르리 라 르르릉 아라, 르릉 아리아 자기 아들같이
마먀 머며 마마님도 구경 가오 먼동 곳에 봄이 왔소
모묘 무뮤 모든 사람, 모두 몰아 무쇠 팔뚝 내두르며
므미 마 먼 데든지 가깝든지, 밀어내며 나아갈 뿐
사샤 서서 사람마다 옳고 보면, 서슬 있어 푸르리라
소쇼 수슈 소름 끼치는 도깨비도 수컷에야 어이하리
스시 사 스승님의 뜻을 받아 세로 가로 뛰고 지고
아야 어여 아무런들, 내 아들이 어미 없이 컸다 마라
오요 우유 오죽이나 오랜 나라 우리 박달 우리 겨레
으이 아 응응 우는 아가라도, 이 정신은 차리리라.

막 자쟈 저져를 읽으려 하니, 뽀얀 하늘 한가운데서 새파란
하늘 한쪽이 내다보며 그 속에서 소리가 난다.
"한 놈아 네 아무리 성력이 깊지만 한갓 성력으로는 공을 이
루기 어려우리니 그리 말고 남이 설치한 '도령군'을 가서 구경
하여라."
한 놈이,
"도령군이 무엇입니까?"

하고 물은대,

"아! '도령군'을 모르느냐? 역사를 본 사람으로⋯⋯."

하거늘 한 놈이 눈을 감고 앉아 역사를 생각하니,

'대개 도령은 신라의 화랑을 말함이라. 삼국사기 악지에 설원랑이 지었다는 도령 노래가 곧 화랑의 노래니 도령은 음을 번역한 것이요, 화랑은 뜻을 번역한 것인데 화랑의 처음은 곧 신라 때에 된 것이 아니라, 곧 단군 시조가 태백산에 내려올 때 삼랑과 삼천도를 거느림이 화랑의 비롯이요, 천왕랑 해모수가 무리 수백 명을 거느리고, 웅심산에 모임도 또한 화랑의 놀음이요, 고구려의 선인은 곧 화랑의 별명인데 동맹은 선인의 천제이며, 백제의 소도는 화랑의 별명인데, 천군은 또 소도 제사의 신명이라. 이름은 시대를 따라 변하였으나 정신은 한가지로 전하여 모험이며, 상무며, 가무며, 학식이며, 애정이며, 단결이며, 열성이며, 용감으로 서로 인도하여 고대에 이로써 종교적 상무 정신을 이루어 지키면 이기고, 싸우면 물리쳐, 크게 나라의 영광을 발휘한 것이 다 신라 진흥대왕이 더 큰 이상과 넓은 배포로 폐될 것을 없애고 미와 굳셈을 더 보태어 화랑사의 신기원을 연 고로, 영랑, 남랑의 교육이 사해에 퍼지고, 사다함, 김흠춘 등 소년의 피 꽃이 역사에 빛났나니, 비록 사대주의의 노예였던 김부식으로도 화랑 이백 명의 아름다운 이름과 아름다운 일을 찬탄

함이라.

　그 뒤에 문헌이 없어졌으므로 어떻게 쇠하고 어떻게 없어짐을 자세히 알 수 없으나,《고려사》에 보매 현종 때 거란이 수십만 대병으로 우리에게 덤빌 때 이지백이 생각하되 화랑은 막을 정신이 있으리라 하며, 예종이 조서로 남랑, 영랑 등 모든 화랑의 자취를 보존하라 하며, 의종도 팔관회에 화랑을 뽑아 고풍을 떨칠 뜻을 가졌나니, 이때까지도 '도령군' 곧 화랑의 무리가 국중에 한 자리 가졌던 일을 볼지나 이 뒤에 어떻게 되었느냐.'

　외우면서 생각하고 생각하면서 외우더니, 하늘이 다시 소리하거늘,

　"네가 역사 속에 있는 것을 어렵게 생각한다만 다만 한 가지 또 있다.《고려사》〈최영전〉에 최영이 명나라 태조인 주원장과 싸우려 할새, 고구려가 승군 삼만으로 당나라 병사 백만을 깨쳤으니 이제도 승군을 뽑으리라 하였는데, 이른바 고구려 승군은 곧 선인군이니 마치 신라의 화랑도 같은 것이라, 그 혼인을 멀리하고 가사를 돌보지 않음이 중과 같은 고로 고대에 혹 그 이름을 승군이라고도 하며, 최영은 더욱 선인이나 화랑의 제도를 회복할 수 없어 중으로 대신하려 하여 참말로 불가의 중을 뽑음이나, 만일 최영이 죽지 않고 고려가 망하지 않았다면, 님이 세우신 화랑의 도가 오백 년 전에 벌써 중흥하였으리라."

하시거늘 한 놈이 고마운 마음을 이기지 못하여 땅에 엎드려 절하고,

"한 놈이 도령군 곧 화랑이 우리 역사의 뼈요, 나라의 꽃인 줄을 안 지 오래오며, 또 이를 발휘할 마음도 간절하오나, 다만 신지의 《비사(秘詞)》나, 거칠부의 《선사(仙史)》나, 김대문의 《화랑세기(花郎世紀)》같은 책이 없어지므로, 그 원류를 알 수 없어 짝 없는 유한을 삼았더니, 이제 님이 '도령군'을 구경하라 하시니, 마음에 감사함이 비할 곳 없사오니, 원컨대 바삐 길을 인도하사 평생에 보고 지고 하던 '도령군'을 보게 하옵소서."

하며 어린 아기가 어미를 찾듯 자꾸 님을 부르더니, 하늘에서 붉은 등 한 개가 내려오며, 앞을 인도하여 오색의 내를 지나 옥으로 된 뫼를 넘어 한곳에 다다르니, 돌문이 있는데, 금 글씨로 새겼으되, '도령군 놀음 곳'이라 하였더라.

문 앞에 한 장수가 서서 지키는데, 한 놈이,

"님나라 서울로부터 구경하러 왔으니, 들어가게 하여 주소서."

한즉,

"네가 바칠 것이 있어야 들어가리라."

하거늘,

"바칠 것이 무엇입니까? 돈입니까? 무슨 보배입니까?"

"그것이 무슨 말이냐? 돈이든지 쌀이든지 보배든지는 인간에게 귀한 것이요, 님나라에서는 천한 것이니라."

"그러면 무엇을 바랍니까?"

"다른 것이 아니라 대개 정이 많고 고통이 깊은 사람이라야 우리의 놀음을 보고 깨닫는 바 있으리니, 네가 인간 삼십여 년에 눈물을 몇 줄이나 흘렸느냐? 눈물이 많은 이는 정과 고통이 많은 이며, 이 놀음에 참여하여 상등(上等) 손님이 될 것이요, 그 나머지는 중등 손님, 하등 손님이 될 것이요, 아주 적은 이는 들어가지 못하느니라."

"어려서 젖 달라고 울던 눈물도 눈물입니까?"

"아니다, 그 눈물은 못 쓰나니라."

"열하나 열둘 먹던 때에, 남과 싸우다가 분하여 운 눈물도 눈물입니까?"

"아니다, 그 눈물도 값없나니라."

"그러면 오직 나라 사랑이며, 동포 사랑이며, 큰 적에 대한 의분의 눈물만 듭니까?"

"그러니라. 그 눈물에도 참과 거짓을 고르느니라."

이렇게 받고 차기로 말하다가 좌우를 돌아보니, 한 놈의 보통 때 친구들도 어디로부터 왔는지 문 앞에 그득하더라. 이제 눈물의 정구가 되는데 한 놈의 생각에는 내가 가장 끝이 되리로다.

나는 원래 무정하여 내가 인간에 대하여 뿌린 눈물은 몇 방울이
나 셀 것인가?

　……(이하 탈락)